Nachrichten aus dem Nirgendwo

Von Helga Talke und Milena Baisch
Mit Illustrationen von Irmgard Paule
und Silvia Christoph

gondolino

Reihenlogo: Gisela Dürr
Coverillustration: Dagmar Cohnen
Text: Helga Talke (Die verdächtige Villa),
Milena Baisch (Gefahr aus dem Internet)
Illustrationen: Irmgard Paule (Die verdächtige Villa),
Silvia Christoph (Gefahr aus dem Internet)
Covergestaltung: Constanze Ordnung
Satz: Sandra Leykauf

ISBN 3-8112-2647-9

002

Der Umwelt zuliebe gedruckt auf chlorfrei gebleichtem Papier.

5 4 3 2 1

www.gondolino.de

Inhaltsverzeichnis

Die verdächtige Villa

Ron S. Fox betritt das Clubhaus, in dem die Mitglieder des Krimiclubs gerade eine Geheimschrift austüfteln.

„Kennwort?“, fragt er.

„Rätselkrimi“, brüllen alle zurück und sind gleich darauf ganz still vor Spannung. Ob es etwas Neues gibt?

„Ich habe einen Auftrag für zwei von euch. Eine heiße Geschichte“, sagt Ron S. Fox. „Wer von euch ist bereit dafür?“

Er sieht seine Detektive prüfend an.

Tim meldet sich. „Ich würde den Auftrag gern übernehmen, Chef.“

Ron S. Fox nickt. „Einverstanden. Du kannst logisch kombinieren. Du hast auch Fantasie. Du wirst den Fall aufklären.“

Er sieht Jo auffordernd an. „Du als Expertin im Entziffern von Geheimbotschaften und im Spurenlesen wirst gemeinsam mit Tim den Auftrag bearbeiten.“

„Super“, Tim boxt Jo begeistert auf den Arm. Auch Jo freut sich.

„Worum geht es bei dem Fall, Chef?“, erkundigt sie sich.

„Eine alte Dame, Frau Lau, hat einen anonymen Drohbrief bekommen. Sie verdächtigt ihre Nachbarin, Frau Haase, mit der sie sich schon lange streitet. Sie kann jedoch nicht beweisen, dass der Brief von Frau Haase kommt. Ihr sollt die Beweise finden, damit sie bei der Polizei Anzeige erstatten kann."

Ron S. Fox reicht Jo die Adresse. „Frau Lau zeigt euch den anonymen Brief. Viel Erfolg beim Lösen des Falls. Und nicht vergessen: Kennwort?"

„Rätselkrimi", rufen Jo und Tim.

Jo verstaut die Schachtel mit den Werkzeugen für die Tatortuntersuchung und die Decodierhilfen in ihrem Rucksack.

Tim legt das Diktiergerät und den Stadtplan dazu. Auf der Karte sind die wichtigsten Punkte rot markiert, die Polizei, der Bahnhof, die Feuerwache, das Krankenhaus, die Autobahnauffahrten.

Er holt die Tasche mit den Undercover-Utensilien aus dem Schrank. Tim ist der Verkleidungsspezialist im Club. Er hat in einem Spezialseminar gelernt, wie man mit einfachen Mitteln sein Aussehen total verändern kann.

Die beiden Detektive schwingen sich auf ihre Räder und fahren zur Parkstraße 12. An dem schmiedeeisernen Tor des kleinen Einfamilienhauses steht ‚Lau'.

Unauffällig schauen sie sich um. Auf dem Grundstück rechts neben dem Haus steht eine dreistöckige Villa mit einem Juwelierladen im Erdgeschoss. Über dem Schaufenster steht in auffälliger Schrift ‚Juwelier Haase'. Vor

dem Laden parkt ein froschgrüner Beetle. Ein zottiger, brauner Hund stürmt über den gepflegten Rasen auf sie zu und kläfft wütend am Zaun. Im ersten Stock der Villa öffnet sich ein Fenster. Eine Frau mit wirrem blondem Lockenschopf beugt sich raus. „Hasso, aus!“ Der Hund trottet ins Haus zurück.

Tim klingelt bei Frau Lau. Eine weißhaarige Dame öffnet und winkt die beiden Experten ins Haus.

„Kommt rein“, flüstert sie. „Ich bin so froh, dass ihr mir helft. Seit gestern früh dieser böse Brief kam, habe ich furchtbare Angst. Und ich bin sicher, dass Frau Haase, meine Nachbarin, ihn geschrieben hat. Mein Neffe Dieter will jetzt, dass ich zu ihm ziehe, bis die Geschichte geklärt ist. Aber ich wohne lieber in meinem eigenen Haus. Das ist mein Neffe.“ Frau Lau zeigt stolz ein Foto, auf dem man einen breitschultrigen, jungen Mann mit Schlapphut sieht.

„Kein Problem, Frau Lau. Wir finden den Verfasser des anonymen Briefes“, verspricht Jo.

Frau Lau legt traurig einen Briefumschlag vor Tim auf den Tisch.

„Vorsicht“, ruft Jo. „Denk an die Fingerabdrücke!“

„Ich bin doch kein Anfänger“, sagt Tim. Er holt die Werkzeuge aus dem Rucksack und hebt den Umschlag mit der Pinzette an.

„Schau, auf dem Brief klebt keine Marke“, sagt er. „Also hat der Schreiber ihn selbst eingeworfen.“

Tim zieht ein Blatt Papier aus dem Umschlag und liest die Nachricht, die in Druckschrift geschrieben wurde.

Jo wird blass. „Das klingt nicht gut. Es könnte sogar eine Morddrohung sein! Hat außer Ihnen noch jemand den Brief angefasst?“

„Nur mein Neffe“, sagt Frau Lau. „Er ist gleich vorbeigekommen, als ich ihm am Telefon von der Drohung erzählt habe.“

Jo bestäubt den Brief und das Kuvert mit Graphitpulver und sichert mit Klebefolie drei verschiedene Fingerabdrücke.

„Jetzt nehme ich Ihnen auch die Fingerabdrücke ab, um sie vergleichen zu können“, erklärt sie der alten Dame, die neugierig zuschaut. „Außerdem brauche ich einen Gegenstand, den Ihr Neffe heute angefasst hat.“ Frau Lau bringt ein Glas aus der Küche. Und Jo sichert auch hier die Abdrücke. „Einer der drei Abdrücke ist vom Täter“, sagt sie.

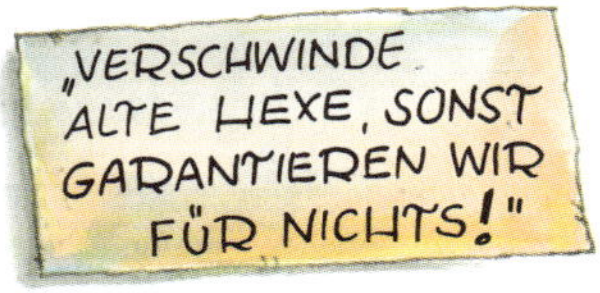

Welcher Fingerabdruck gehört dem Täter?

„Das war einfach. Der Fingerabdruck des Täters ist leicht an der Narbe am rechten Zeigefinger zu erkennen“, sagt Tim.

Jo betrachtet nun den Brief unter der Lupe. „Die Handschrift scheint verstellt zu sein, trotzdem erkennt man charakteristische Merkmale“, sagt sie. „Haben Sie etwas Handschriftliches von Ihren Nachbarn?“

Frau Lau schüttelt den Kopf. „Früher hatte ich Kontakt zu Haases. Aber seit ich mich über die Kläfferei ihres Hundes beschwert habe, grüßen sie nicht mal mehr.“

„Haben Sie einen besonderen Grund, Haases zu verdächtigen?“, fragt Tim.

Frau Lau nickt. „Frau Haase will mich vertreiben, ich weiß zu viel über sie“, flüstert sie. „Ich habe sie nämlich nachts schon öfter mit ihrem heimlichen Geliebten im Garten beobachtet. Die beiden flüsterten. Ich konnte aber leider nichts verstehen. Einmal haben sie gemerkt, dass ich hinter dem Busch lausche. Sie haben sich sofort getrennt. Nun fürchtet Frau Haase wahrscheinlich, dass ich es ihrem Mann verrate.“

„Gut, wir beobachten die Nachbarvilla“, sagt Tim. „Vielleicht trifft sich der Fremde erneut mit Frau Haase. Wir versuchen herauszubekommen, worüber sie reden. Vielleicht wirft auch der anonyme Schreiber erneut einen Drohbrief ein. Von wo aus kann man die Villa und Ihren Briefkasten gut beobachten?“

„Vom Gästezimmerfenster im ersten Stock sieht man alles. Ich schlafe unten. Mir fällt das Treppensteigen zu schwer.“

Frau Lau führt die Kinder die Treppe hinauf. Vor den Fenstern hängen Jalousien. Vom Seitenfenster aus sieht man Haases Garten, einige Fenster der Villa und die Garage. Vom vorderen Fenster aus hat man eine gute Übersicht auf die Straße und den Briefkasten.

Tim setzt sich mit seinem Notizblock neben Frau Lau.

„Ich würde mir gern einen Überblick über die Villa des Juweliers verschaffen. Wie viele Zimmer gibt es? Wer wohnt wo?“, fragt er.

Frau Lau überlegt. „Das Haus hat 15 Räume. Im Erdgeschoss und in jedem darüber liegenden Stockwerk gibt es jeweils vier Räume. In einem Stockwerk sind nur drei Räume. In keinem Stock schlafen mehr als zwei Menschen. In einem Stockwerk schläft nur der Hund. Das Elternschlafzimmer liegt im selben Stock wie das Wohnzimmer. Der achtzehnjährige Manuel hat ein eigenes Zimmer. Der Laden beansprucht zwei Räume. Wenn Manuel sich vor dem Schlafengehen einen Krimi aus der Bibliothek ein Stockwerk tiefer holt, muss er das Wohnzimmer durchqueren. Der Hund schläft im Abstellraum. Das eine

Zimmer neben Manuel gehört der siebenjährigen Sabine. In jedem Stock außer im Keller ist ein Bad. Die Küche liegt neben dem Laden. Herr Haase bietet seinen Kunden gern einen Kaffee an. Er geht auch gern in die Sauna im Haus. Wenn Manuel aus seiner Zimmertür tritt, sieht er die Tür zum Bügelzimmer. Der Laden ist durch einen Aufzug mit dem Tresorraum verbunden. Wenn Herr Haase früh den Hund rauslassen will, muss er durch den Tresorraum in den Laden. Hat Frau Haase den Kindern Gute Nacht gesagt, muss sie durch das Wohnzimmer ins Schlafzimmer."

In welchem Stockwerk liegen welche Räume? Wer wohnt in welchem Zimmer?

„Puh“, Tim stöhnt. „Das war ganz schön schwierig. Aber so müsste es richtig sein.“

Frau Lau nickt begeistert. Dann beobachtet sie interessiert, wie die zwei Detektive ihr Hauptquartier, kurz H.Q. genannt, einrichten. Jo stellt das Telefon und die Lampe auf den kleinen Tisch vor dem Seitenfenster und packt ihren Tatortkoffer aus.

Tim hängt den Stadtplan auf und markiert mit einem Fähnchen den Standort der Juweliersvilla und das Haus von Frau Lau.

„Wie geht ihr jetzt vor?“, fragt Frau Lau.

„Morgen schleiche ich mich bei den Nachbarn ein“, sagt Tim. „Ich weiß ja jetzt, wie das Haus aussieht. Ich besorge dort Schriftproben und Fingerabdrücke, damit wir herausfinden, ob Frau Haase die Täterin ist.“

„Vielleicht identifizieren wir den Täter schon vorher, falls er erneut einen Drohbrief einwirft“, sagt Jo.

Sie beschließen, nachts abwechselnd zu wachen. In der ersten Schicht von 22 bis ein Uhr früh will Tim aufbleiben. Jo übernimmt die Wache von ein bis vier Uhr, dann wieder Tim.

Frau Lau ist gekränkt. „Denkt ihr, ich bin zu alt, um jemanden zu observieren? Keine Widerrede, ich komme um vier Uhr rauf und übernehme die Wache bis sechs.“

Tim und Jo lachen. Sie sind einverstanden.

Doch während ihrer Wache geschieht nichts. Um vier Uhr morgens kommt Frau Lau und nimmt mit der Polaroidkamera im Lehnstuhl neben dem Fenster Platz. Jo legt sich neben Tim auf das Bett und schläft sofort ein.

Früh, kurz vor sechs, wird Jo wach. Draußen scheint schon die Sonne. Frau Lau schlummert fest im Lehnstuhl. Neben der Kamera liegen wild durcheinander geworfen mehrere Fotos.

„Ist alles in Ordnung, Frau Lau?“ Tim weckt die alte Dame vorsichtig.

Frau Lau zuckt erschrocken zusammen. „Am Briefkasten war niemand“, stammelt sie. „Aber ein Mann kam um fünf mit dem Lieferwagen. Wahrscheinlich der Liebhaber. Er hat wieder mit Frau Haase geflüstert. Dann haben sie in der Garage herumgeräumt. Auch als der Regen anfing, haben sie weitergemacht. Ich habe alles fotografiert. Leider war mein Film zu Ende, als der Lieferwagen direkt an meinem Haus vorbei fortfuhr. Darum konnte ich ihn nicht aus der Nähe knipsen.“

Tim betrachtet die Fotos. „Welches Bild haben Sie zuerst gemacht? Tragen die beiden etwas in die Garage hinein, oder holen sie etwas heraus?“

„Das konnte ich nicht genau sehen“, Frau Lau seufzt bekümmert. „Meine Augen sind leider nicht mehr so gut.“

In welcher Reihenfolge wurden die Fotos von Seite 12/13 aufgenommen?

Jo betrachtet die Fotos durch die Lupe und sortiert sie.

„Wenn man auf den Regen und die Pfützen achtet, erkennt man die Reihenfolge, in der die Fotos gemacht wurden. Man sieht, dass Frau Haase und der Fremde etwas aus der Garage in den Lieferwagen tragen. Eine Truhe vielleicht, eventuell ein Bild. Aber es ist nicht genau zu erkennen."

Es klingelt an der Tür. Frau Lau steigt die Treppen hinunter und lässt den Tiefkühlwaren-Lieferanten herein, der jeden Samstag Tiefkühlprodukte bringt. Er ist so groß wie Tim, aber viel älter und stämmiger. Er hat buschige Augenbrauen, ein rundes Gesicht und trägt eine Brille.

„Liefern Sie auch bei Haases nebenan?", fragt Tim. Er hat eine Idee.

Der junge Mann nickt und schaut auf seine Liste, „Haases bekommen viermal Gemüse, eine Eistorte und einen 20er-Pack Frühlingsrollen."

Er flüstert Tim zu. „Wer weiß, wie lange die ihr Zeug noch bezahlen können. Mein Chef meint, der Juwelier steht kurz vor dem Bankrott. Aber behalt es für dich!"

„Das ist interessant", sagt Jo, die alles mitgehört hat.

Tim zeigt dem Lieferanten seinen Detektivausweis und sagt: „Wir sind Experten aus dem Krimiclub und führen hier eine verdeckte Ermittlung durch. Lassen Sie mich kurz Ihre Rolle als Lieferant spielen! Ich muss bei Haases etwas überprüfen."

Der junge Mann grinst. „Die merken sofort, dass du zu jung bist und noch nicht Auto fahren darfst.“

„Das mache ich schon“, Tim eilt ins H.Q. und breitet seine Undercover-Utensilien auf dem Bett aus. Er bindet ein dünnes Kissen vor den Bauch und zieht einen weiten Pullover drüber. Dann kämmt er das Haar nach hinten, stopft sich Watteröllchen zwischen Backenzähne und Wangen und setzt eine Brille auf.

Frau Lau schreit auf, als sie ihn erblickt. „Jetzt siehst du plötzlich viel älter aus. Und wie du dem Lieferanten ähnelst.“

„Viel Glück!“, sagt Jo, „Und nicht vergessen: Kennwort?“

„Rätselkrimi“, flüstert Tim. Er nimmt die Tiefkühllieferung für Haases, klingelt an der Villa und ruft in die Wechselsprechanlage: „Tiefkühlservice!“

Der Türöffner summt. Tim betritt das Haus, und Frau Haase ruft aus der Küche: „Kommen Sie rein, der Hund ist eingesperrt.“

Tim stellt die Waren auf den Tisch und nimmt den bereits ausgefüllten Bestellzettel an sich. Während Frau Haase ihr Portmonee in der Handtasche sucht, schaut er sich unauffällig um.

Am Kühlschrank hängt eine Einkaufsliste für Heimwerkerbedarf und eine Erinnerung,

Tante Corinna anzurufen. Tim lässt blitzschnell beide Zettel in seiner Hosentasche verschwinden. Aus der Diele nimmt er noch einen frankierten, jedoch nicht abgestempelten Briefumschlag mit. Mit ziemlicher Sicherheit hat ein Hausbewohner den Brief geschrieben, jedoch noch nicht abgeschickt.

Im H.Q. legen Tim und Jo die Zettel, den Brief und das anonyme Schreiben nebeneinander und betrachten die verschiedenen Schriften.

Ähnelt eine der Schriften der Schrift auf dem Drohbrief?

Die beiden Detektive erkennen sofort charakteristische Gemeinsamkeiten der Buchstaben T, H und R auf der Einkaufsliste und dem Drohbrief. Die oberen Bögen beim R sind auffällig dickbäuchig, der obere Querstrich beim T ist leicht geschwungen. Und der Mittelstrich beim H sitzt ungewöhnlich tief.

„Das zeigt, dass die gleiche Person, die die Warenbestellung notiert hat, auch den anonymen Brief verfasst hat“, sagt Tim.

„Das war natürlich Frau Haase“, ruft Frau Lau überzeugt.

„Wir wissen nicht, wer die Bestellung geschrieben hat“, wendet Jo ein. „Wir wissen nur, dass es jemand aus dem Haus war. Wir können auch den noch nicht verschickten Brief und die Merkzettel am Kühlschrank keiner Person eindeutig zuordnen. Frau Haase ist natürlich verdächtig. Aber auch Herr Haase oder Manuel, sogar der unbekannte Hausfreund könnte die Bestellung notiert haben. Die kleine Tochter scheidet aus. Das ist keine Kinderschrift.“

Vormittags beobachten Tim und Jo den Briefkasten. Aber niemand wirft etwas ein. Frau Lau telefoniert inzwischen mit ihrem Neffen Dieter. Sie erzählt ausführlich, was passiert ist. Aus den Antworten der alten Dame entnehmen Tim und Jo, dass der Mann Frau Lau eindringlich bittet, zu ihm zu ziehen, bis der Täter gefasst ist. Doch Frau Lau weigert sich.

Am Nachmittag sieht sich Jo in der Umgebung um. Sie schlüpft in ihre Turnschuhe und läuft, als Joggerin

getarnt, in gleichmäßigem Trab durch alle Nebenstraßen und den Weg an der Rückseite der Häuser entlang bis zu einer mit Brennnesseln überwucherten Wiese. Dort entdeckt sie Sabine Haase, die neben einem Jungen unter einem weit ausladenden Kastanienbaum sitzt. Der zottige, braune Hund spielt mit einem schwarzen Riesenschnauzer auf der Wiese.

Jo bleibt stehen, macht zur Tarnung einige Stretchingübungen und sieht zu den beiden Kindern hinüber. Plötzlich bemerkt sie auf der anderen Seite der Wiese etwas Seltsames. Ein Fahrradfahrer im Trenchcoat mit einem tief ins Gesicht gezogenen Hut bleibt stehen und pfeift. Die Hunde rennen zu ihm hin. Er gibt ihnen etwas zu fressen, krault sie und schaut sich vorsichtig um. Jo sieht, dass er Hassos Halsband betastet. Dann fährt er weiter.

Jo schlendert zu den beiden Kindern, setzt sich zu ihnen und sagt bewundernd: „Sehr schöne Hunde. Gehören sie euch?“

Sabine nickt und ruft ihren Hund. Jo streichelt Hasso. Dabei öffnet sie heimlich das Hundemarkentäschchen an seinem Halsband. Und tatsächlich: Winzig klein zusammengefaltet steckt dort ein Zettel mit einer Botschaft in Geheimschrift.

Jo wartet, bis die Kinder wieder spielen und sie nicht beachten. Dann zeichnet sie schnell die unverständlichen Zeichen ab, steckt den Zettel zurück und joggt aufgeregt zum Haus. Im H.Q. legt sie den Zettel vor sich auf den Tisch und denkt einen Moment nach.

„Diese Botschaft wurde nach dem Käfigcode verschlüsselt“, sagt sie zu sich selbst und nimmt einen Zettel. Sie zeichnet vier Muster darauf und beginnt, die Geheimschrift zu lesen.

`Wie kann man die Geheimschrift entziffern?`

Während Jo die Geheimbotschaft entziffert, kommen Frau Lau und Tim ins Zimmer.

Frau Lau sieht ihr interessiert zu.

„Ich schreibe alle Buchstaben der Reihe nach in die Muster“, erklärt Jo. „Dann suche ich die Buchstaben, die den Strichen oder den Strichen und Punkten der anonymen Botschaft entsprechen, und notiere sie mir.“

„Die Leute bedrohen mich ja schon wieder“, ruft Frau Lau erschrocken, als sie die decodierte Botschaft liest.

„Keine Angst“, tröstet Tim. „Wir werden Sie beschützen.“

Jo betrachtet noch einmal die Fotos von der Nachbarin und dem Fremden bei der Garage. Sie deutet auf ein Bild. „Ich glaube, das war der Mann auf dem Fahrrad. Er hatte die gleiche Figur und war ungefähr genauso groß. Ob die Haases und er ein krummes Ding drehen? Nach geheimer Affäre klingt das irgendwie nicht mehr.“

Das Telefon klingelt. Frau Lau meldet sich. „Dieterle“, ruft sie. „Wie lieb, dass du anrufst. Nein, mach dir keine Sorgen! Nein, Haases stecken dahinter. Nein, ich bilde mir das nicht bloß ein. Ich habe Beweise, Fingerabdrücke und Schriftproben. Stell dir vor, sie wollen mich ausschalten! Nein, ich gehe morgen zur Polizei und zeige sie an. Du bringst mich nicht von meinem Entschluss ab.“

Eine Stunde später hören Tim und Jo im Garten Stimmen. Die alte Dame unterhält sich über den Zaun hinweg mit Frau Haase. Die beiden Detektive spähen durch die Jalousien in den Garten und lauschen.

„Frau Lau, ich wollte Sie schon lange etwas fragen. Haben Sie neulich einen merkwürdigen Brief bekommen?“, erkundigt sich Frau Haase. „Ja, einen sehr merkwürdigen Brief“, die alte Dame nickt.

Die Juweliersfrau lächelt verlegen. „Wie peinlich“, sagt sie. „Selma ist daran schuld. Selma ist die Brieftaube von Johannes, dem Freund meines Sohnes. Wenn Johannes unserem Sohn einen Brief schreibt, schickt er immer Selma damit zu uns. Meistens sind es verschlüsselte Scherznachrichten. Das soll wohl lustig sein. Als die Taube vorgestern wieder so einen Brief brachte, habe ich ihn auf der Terrasse liegen lassen. Später war der Brief plötzlich wieder verschwunden. Natürlich sollte Selma den Brief nicht in Ihren Briefkasten werfen.“

„So etwas kann schon mal vorkommen“, murmelt Frau Lau verwirrt. „Aber wenn Selma nochmal was in meinen Kasten wirft, drehe ich ihr den Hals um und brate sie“, droht sie.

Frau Haase zuckt die Schultern und geht ins Haus. Frau Lau aber eilt atemlos die Treppe zum H.Q. hinauf.

„Habt ihr gehört?“, fragt sie aufgeregt. „Es war alles nur ein Missverständnis. Eine Taube hat den Brief eingeworfen.“

Die Detektive lachen. „Ihre Nachbarin hat Ihnen eine fette Lügengeschichte aufgetischt“, sagt Tim.

Warum stimmt die Geschichte von der Brieftaube Selma nicht?

„Brieftauben finden nur den Weg aus der Fremde nach Hause, nicht umgekehrt“, erklärt Jo.

„Ihre Nachbarin hat sich diese Geschichte ausgedacht. Scheinbar fürchtet sie, dass wir auf dem Drohbrief ihre Schrift und ihre Fingerabdrücke identifizieren.“

„Das kann sie doch gar nicht wissen“, sagt Frau Lau.

Tim nickt. „Stimmt, aber es ist verdächtig, dass sie die Lüge von der Brieftaube gerade jetzt erzählt.“

Nachmittags geht Manuel mit Hasso spazieren. Jo folgt ihm unauffällig. Sie hofft, dass der Trenchcoatmann eine weitere Botschaft in das Hundetäschchen steckt, aus der hervorgeht, was geplant ist. Aber es passiert nichts.

Zur gleichen Zeit radelt Tim zum Detektivclub, um neue Filme für die Polaroidkamera zu besorgen.

Die Detektive sind noch unterwegs, als es zu regnen anfängt. Doch als sie wenig später fast gleichzeitig zum Haus zurückkommen, scheint schon wieder die Sonne.

„Was ist denn hier los?“ Tim erstarrt. Die Haustür ist angelehnt. Frau Laus Handtasche liegt auf dem Fußboden in der Flurgarderobe. Der Hut hängt schief am Garderobenhaken. Aber die alte Dame ist nicht da.

„Ob da etwas passiert ist?“, fragt Jo. Tim zuckt die Schultern. Beunruhigt durchstöbern die beiden das Haus und den Garten. Auf dem feuchten Weg durch den Gemüsegarten zur hinteren Pforte entdecken sie die Spuren von Frauenschuhen. Hier führt ein kleines Tor zu einem breiten, sandigen Fahrweg.

Frau Haase arbeitet nebenan in ihrem Garten. Sie schaut herüber, kommt an den Zaun und fragt misstrauisch: „Was treibt ihr da?“

„Haben Sie gesehen, ob Frau Lau, unsere Tante, weggegangen ist?“, fragt Tim mit unschuldigem Gesicht.

Frau Haase nickt. „Ja, Frau Lau ist zu einem Herrn in ein schwarzes Auto gestiegen. Er hat hier hinten auf dem Sandweg auf sie gewartet.“

Jo zieht Tim hinter die Giebelwand des Hauses. Hier kann Frau Haase sie nicht sehen.

„Komische Geschichte. Ich glaube, dass sie lügt“, flüstert Jo. „Wir sollten die Fußspuren untersuchen.“

„Wie denn?“

„Pass auf, ich mache es dir vor.“ Jo harkt den Weg und zeigt Tim, welche Abdrücke ihre Schuhe beim normalen Gehen hinterlassen, wie es aussieht, wenn sie rennt, und welche Abdrücke beim Rückwärtsgehen entstehen.

Was kann man an den Fußabdrücken im Gemüsegarten auf Seite 25 erkennen?

Tim betrachtet Jos Fußspuren. „Na klar, wenn man rennt, vergrößert sich die Schrittlänge, und die Fußspitzen hinterlassen einen tieferen Abdruck, weil man sie zuerst aufsetzt. Wenn man rückwärts geht, setzt man die Fußspitzen genauso wie beim Rennen zuerst auf, aber der Abstand zwischen den einzelnen Schritten ist kürzer."

„Genau." Jo nickt. „Also beweisen die Spuren im Gemüsegarten, dass jemand in Hackenschuhen von der hinteren Pforte rückwärts zum Haus gelaufen ist. Und nicht umgekehrt, wie Frau Haase behauptet." Sie runzelt die Stirn. „Das ist doch seltsam. Bestimmt ist Frau Lau nicht freiwillig so merkwürdig gelaufen. Das kann nur eins bedeuten. Sie ist entführt worden!"

Tim nickt langsam. „Das sehe ich genauso. Der Entführer ist rückwärts durch den Gemüsegarten zum Haus gelaufen, um uns irrezuführen. Es soll aussehen, als sei Frau Lau selbstständig durch den Garten weggegangen."

Sie durchstreifen noch einmal den Gemüsegarten hinter dem Haus und entdecken die tiefen Abdrücke von Männerschuhen zwischen den Radieschen. Die Abdrücke sind so tief, dass die Person, die hier gegangen ist, garantiert eine schwere Last getragen hat.

„Womöglich wurde die alte Dame geknebelt, damit sie nicht um Hilfe rufen kann. Dann wurde sie durch den Gar-

ten getragen und in einem Auto weggebracht“, vermutet Jo.

„Vielleicht wurde sogar der grüne Beetle benutzt“, flüstert Tim. „Seit wir zurück sind, steht Haases Auto nicht mehr vor der Villa.“

Sie schauen unauffällig hinüber. Frau Haase schneidet verblühte Rosen von den Blumenstöcken und beobachtet sie verstohlen.

„Los, wir verständigen jetzt die Polizei“, sagt Jo.

Sie eilen ins Haus. Jo wählt die Nummer der Polizei und berichtet atemlos, was vorgefallen ist.

„Ich schicke sofort jemanden vorbei“, versichert der Dienst habende Beamte und notiert die Anschrift. „Unternehmt nichts allein.“

Anschließend benachrichtigt Tim Ron S. Fox von den Ereignissen. Und auch der Chef verspricht, gleich zu kommen.

„Wenn wir Recht haben und Frau Lau in einem Auto verschleppt wurde, müssen die Reifenspuren auf dem Sandweg noch zu erkennen sein“, fällt Tim ein. „Komm, wir überprüfen das!“

Vorsichtig, um die Fußspuren nicht zu verwischen, durchqueren sie den Gemüsegarten und öffnen die hintere Pforte.

Und tatsächlich, auf dem feuchten Sandweg zeichnen sich deutlich die Reifenabdrücke eines Autos ab.

„Ganz klar“, sagt Tim. „Heute Nachmittag kurz nach dem Regen ist hier ein Wagen hergefahren und hat vor der Pforte gebremst.“

„Das Auto ist nach rechts in Richtung Stadtzentrum gefahren“, Jo beugt sich tiefer über die Spuren.

Woran erkennt man, in welche Richtung das Auto fuhr?

„Ist doch klar“, sagt Tim. „Bei der Ausbildung im Spurenlesen haben wir gelernt, dass Autoreifen beim Durchqueren von Pfützen das Wasser immer nach vorn spritzen.“

Aufgeregt kehren Tim und Jo ins H.Q. zurück. Während sie ungeduldig auf die Polizei und den Chef warten, beobachtet Tim Frau Haase durch das Fernglas. Die Nachbarin arbeitet noch immer im Garten. Hin und wieder hebt sie den Kopf und späht umher. Aber da sie die Detektive hinter den Jalousien nicht sehen kann, fühlt sie sich jetzt unbeobachtet. Sie schiebt die Karre mit den Gartenabfällen zum Komposthaufen, holt ein Handy aus der Strickjackentasche und tippt eine Nummer ein.

„Jetzt wird es interessant“, ruft Tim. Er nimmt das Diktiergerät, eilt aus dem Haus und schleicht im Schutz der Tomaten zur Hecke am Zaun. Dort kauert er sich hin und schaltet das Diktiergerät ein. Frau Haase spricht laut genug, aber in einer fremden Sprache, die Tim nicht versteht.

Und dann passiert alles auf einmal. Vorn an der Straße klirrt Glas, so als habe jemand eine Flasche fallen gelassen. Die Nachbarin hört das Geräusch, beendet sofort ihr Telefonat und eilt nach vorn. Im gleichen Moment biegt ihr Mann um die Hausecke. Sie flüstern miteinander und verschwinden durch ihre Kellertür.

Tim schleicht vorsichtig ins Haus zurück. Doch als er die Haustür öffnet, klirrt vor der Villa des Juweliers erneut Glas, diesmal lauter. Tim bemerkt es genau. Schnell geht er ins H.Q. und legt das Diktiergerät auf den Tisch.

„Konntest du das Gespräch aufnehmen?“, fragt Jo gespannt.

„Ja, aber ich habe nichts verstanden. Ich glaube, sie hat die Botschaft codiert.“

„Das werden wir gleich haben“, sagt Jo und spielt die Aufnahme ab. Der Text ist gut zu verstehen. Sie schreibt die Wörter einzeln auf und liest laut:

„BI NO DA ZI GA ZI NU GU BI KI ZO DA BI ZO DA KO KU DU BA DA BI NU DA ZI DA DEKANU GA ZI NU ZIKO DU BINU DA ZI NU DE ZI KO DA.“

Während Tim nach draußen zu Haases Villa rennt, sucht Jo das Buchstabengitter zum Decodieren heraus. Sie legt ein Lineal waagerecht und eins senkrecht auf das Gitter, um in den Zeilen nicht zu verrutschen.

„Man muss die Geheimbotschaft in Buchstabenpaare aufgliedern“, murmelt sie vor sich hin. „Das erste Paar heißt ‚BI‘ ! Also suche ich das ‚B‘ in der waagerechten Zeile und dann das ‚I‘ senkrecht. Am Schnittpunkt der Lineale steht ein ‚A‘. Also ist ‚A‘ der erste Buchstabe der Mitteilung.“

Wie lautet die telefonische Geheimbotschaft?

Jo liest laut die entschlüsselte Botschaft.

„ALTE VERPACKT,
AKTION STARTET ZUR
VEREINBARTEN ZEIT."

„Das ist der Beweis, Frau Lau wurde tatsächlich entführt." Jo ist ganz aufgeregt. „Sie hat zu viel gesehen. Aber welche Aktion ist gemeint?", überlegt sie. Dann legt sie die Unterlagen beiseite und geht nach draußen zur Villa. Gleichzeitig mit ihr treffen Ron S. Fox und Tim ein.

„Kennwort?", fragt der Chef.

„Rätselkrimi", flüstern die Detektive.

Ron S. Fox schaut sie an. „Was genau ist alles passiert?", fragt er.

Die beiden berichten noch einmal alles, und Jo will gerade von der codierten telefonischen Botschaft erzählen, als ein Streifenwagen vor dem Haus stoppt.

„Hallo, Albert", begrüßt Ron S. Fox den Polizisten und stellt Jo und Tim vor.

„Hier in der Parkstraße ist ja heute ordentlich was los", sagt der Beamte. „Der Juwelier von nebenan hat uns gerufen und ihr auch."

In dem Augenblick kommt Frau Haase aus dem Haus geeilt. Sie zeigt erregt auf ihre Schaufensterscheibe. „Sehen Sie sich das an!", ruft sie wütend.

Erst jetzt sieht Jo, dass die Schaufensterscheibe des Juwelierladens zersprungen ist. Das Glas hat an einer Stelle ein Loch, ein Teil der Scheibe ist in den Laden hineingefallen.

„Was ist denn passiert, Frau Haase?", fragt Albert.

„Stellen Sie sich vor", ruft Frau Haase empört, „ich war gerade hinten im Garten, da kam ein Mann auf einem Motorrad vorbei und warf einen großen Stein in unsere Schaufensterscheibe. Da liegt der Stein noch. Im Laden sind die vier Glasvitrinen mit den wertvollsten Stücken zersplittert. Zwei Minuten später kommt der Kerl wieder und schmeißt noch einen Stein. Zum Glück war der zweite Stein etwas kleiner und hat in den Innenräumen nicht noch mehr zerstört. Ich habe sofort bei Ihnen angerufen. Mein Mann ist schon zur Versicherung gefahren, um den Schaden zu melden. Wir haben auch gleich einen Glaser und den Spezialisten für die Alarmanlage bestellt. Sie funktioniert natürlich nicht, wenn die Scheibe kaputt ist." Frau Haase ist ganz außer sich vor Aufregung.

Der Polizist besichtigt die Zerstörungen und macht sich Notizen. Frau Haase verschwindet in ihrem Haus, und Tim sagt leise: „Sie irrt sich. Besser gesagt, sie lügt."

Albert lächelt und wendet sich Ron S. Fox zu: „Ich bin gespannt, ob du deine Detektive gut ausgebildet hast. Warum soll denn die Geschichte nicht stimmen, Tim?"

Tim zeigt auf die Sprünge in der Schaufensterscheibe. Der Polizist betrachtet sie nachdenklich und sieht Tim an. „Na, dann mal los“, sagt er. „Was weißt du?“

Woher weiß Tim, dass Frau Haase gelogen hat?

„Richtig beobachtet, die Sprünge von dem großen Stein wurden durch die Sprünge des kleinen Steins gestoppt.“ Ron S. Fox klopft Tim anerkennend auf die Schulter.

„Der kleine Stein wurde also zuerst geworfen.“ Der Polizist schüttelt den Kopf. „Was bezweckt die Frau mit dieser Lügengeschichte? Vermutlich weiß sie gar nicht, in welcher Reihenfolge die Steine geworfen wurden.“

„Ich glaube, Haases haben beide Steine selber in die Scheibe geworfen. Die Frau hat die Geschichte von dem Steinewerfer nur erfunden und sich dabei selbst verraten“, erklärt Tim.

„Das nehme ich auch an“, sagt Ron S. Fox. „Aber warum?“

Der Polizist wendet sich Tim und Jo zu. „Jetzt erzählt mal, was alles passiert ist.“

Jo und Tim berichten von dem Drohbrief, den nächtlichen Treffen der Juweliersfrau mit dem Fremden und dem Verschwinden von Frau Lau. Dann führen sie die zwei Männer in den Gemüsegarten. Der Polizist und Ron S. Fox untersuchen die Spuren. Albert kratzt sich den Kopf.

„Ihr zwei müsst mit aufs Revier kommen“, sagt er zu Jo und Tim. „Wir müssen ein Protokoll aufnehmen, um nach Frau Lau suchen zu können.“

Sie steigen in den Streifenwagen. Ron S. Fox fährt in seinem Golf hinterher. Auf dem Revier geben sie alles zu Protokoll. Dabei erwähnt Tim, dass Frau Lau vermutlich in dem froschgrünen Beetle verschleppt wurde.

SCHULE
RATHAUS
GASTHOF
MARKT-
PLATZ
RON S.
FOX
BÄCKER
AUTO-
REPARATUR
LAU
POLIZEI
VILLA
HAASE
KINO
FABRIK
KRANKENHAU

Ron S. Fox unterbricht Tim. „Moment mal, hast du gesagt, ein froschgrüner Beetle?"

„Ja, ein auffälliges Auto."

„Den Beetle habe ich gesehen, als ich vorhin aus dem Haus ging", Ron S. Fox springt auf. „Der Wagen ist durch meine Straße gefahren. Ich habe ihm noch hinterhergesehen, weil mir die ungewöhnliche Farbe auffiel."

Tim stürzt sofort zu der Luftaufnahme der Stadt, die an der Wand hängt, und zeigt nacheinander auf verschiedene Punkte. „Hier ist das Polizeirevier. Hier wohnt Frau Lau. Hier wohnen Sie, Chef. Das Auto ist in die Stadt gefahren, über den Marktplatz. Dann ist es in die Einbahnstraße eingebogen und an Ihrem Haus vorbeigekommen. Wohin kann es gefahren sein?"

„Wenn ich mit so einem auffälligen Fahrzeug ein Verbrechen begehen würde, würde ich versuchen, es sofort loszuwerden", sagt Jo. „Und am leichtesten ist es doch, etwas so zu verstecken, dass es jeder sehen kann, dass es aber trotzdem keinem auffällt."

`Wo ist der froschgrüne Beetle versteckt?`

„Na klar“, ruft Tim. „Ich weiß, wo das Auto steht!“

Aufgeregt zieht er den Polizisten zum Fenster der Polizeistation. Von hier blickt man direkt auf den Hof einer großen Autoreparaturwerkstatt.

„Ich hatte Recht. Da unten steht das Auto.“

Der Polizist sieht hinunter. „Donnerwetter, ich glaube, du kannst hellsehen.“ Er nickt anerkennend. „Gut kombiniert, wer achtet schon auf ein Auto, das zwischen 20 anderen steht.“

Er winkt einen jungen Kollegen heran. „Sieh dir mal da unten den grünen Beetle an. Er wurde möglicherweise für eine Entführung benutzt.“

In dem Moment kommt eine Durchsage über Polizeifunk.

„Hier Wagen 331. Achtung, benötigen dringend Verstärkung. Einbruch im Juweliergeschäft Haase, Parkstraße. Alarmanlage funktionierte wegen zerstörter Schaufensterscheibe nicht. Täter flieht in schwarzem BMW in Richtung Autobahn. Täterbeschreibung: breitschultrig, maskiert, möglicherweise bewaffnet. Ende.“

Albert antwortet rasch: „Wagen 331, hier Zentrale, habe verstanden! Sperren Sie die westliche Autobahnauffahrt. Ich schicke Verstärkung. Ende!“ Schnell lässt er auch noch andere Straßen von einem Streifenwagen sperren.

„Das war also der Plan von Haases“, sagt Jo leise zu Ron S. Fox. „Sie haben ihre Scheibe selbst zerstört, damit die Alarmanlage ausfällt. Durch den ersten Wurf ist das Glas zwar zersprungen, aber es entstand kein Loch. Sie haben einen zweiten Stein mit voller Wucht in das Schaufenster geschleudert und damit das Glas völlig zerstört.“

„Schlau eingefädelt“, sagt Ron S. Fox. „Sie versuchen, einen Einbruch vorzutäuschen. Vermutlich planen sie einen groß angelegten Versicherungsbetrug.“

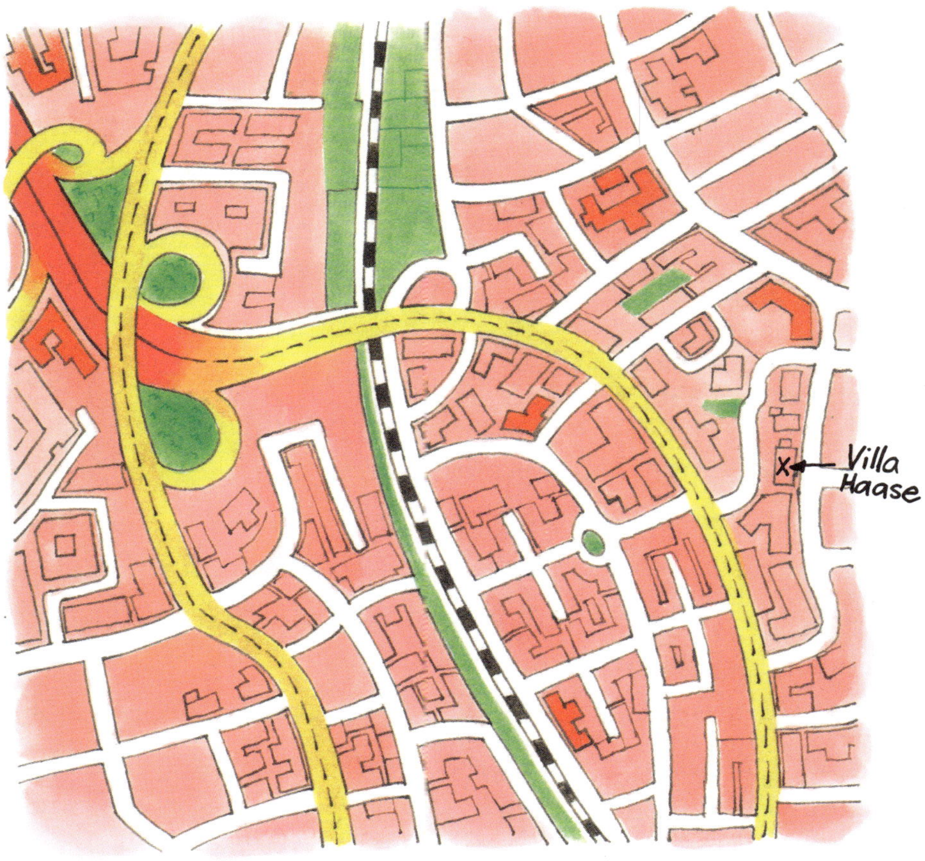

Sie hören, wie Albert einen Funkspruch erhält. „Hier Wagen 717“, meldet sich eine verstörte Stimme über Funk. „Wir haben eine Panne, Absperrung der Straße unmöglich. Ende.“

Albert flucht. „Ich muss los, Ron“, sagt er. „Wagen 717 fällt aus. Ich versuche, den Kerl selbst zu erwischen. Vielleicht habe ich Glück und finde ihn.“

Tim steht vor dem Stadtplan, der neben der Luftaufnahme hängt. „Ein Streifenwagen reicht, um nach dem schwarzen BMW zu fahnden“, sagt er. „Man muss die Polizeiautos nicht überall in der Stadt postieren. Es gibt eine Stelle, an der kommt jedes Auto, das von Haases Villa schnell in Richtung Autobahn will, vorbei.“

An welcher Stelle müssen alle Autos vorbeifahren?

„Du hast Recht“, ruft Albert. „Über die Eisenbahnbrücke müssen alle Autos. Ich fahre sofort hin.“

In diesem Augenblick betritt der Polizist, der den froschgrünen Beetle untersucht hat, das Revier zusammen mit Frau Lau. Die alte Dame umklammert den Arm des jungen Mannes. Sie ist noch ganz blass und etwas zitterig auf den Beinen.

„Frau Lau“, ruft Jo. „Wo waren Sie denn?“

„Sie schlief auf dem Autorücksitz“, erklärt der junge Polizist.

„Ich will jetzt in mein Bett“, verlangt Frau Lau energisch. „Es wird ja schon dunkel. Um diese Zeit gehe ich immer schlafen.“

„Wir bringen Sie heim“, bietet Ron S. Fox an.

Im Auto erzählt Frau Lau, was am Nachmittag mit ihr passiert ist. „Tim und Jo waren gerade fort, da stand plötzlich ein maskierter Mann in der Küche und presste mir einen stinkenden Lappen aufs Gesicht. Was dann geschah, weiß ich nicht.“

Tim berichtet der alten Dame, dass Haases versucht haben, einen Einbruch in den eigenen Laden vorzutäuschen. Und Jo ergänzt: „Da die Firma des Juweliers wohl kurz vor dem Bankrott steht, das hat der Tiefkühlwaren-Lieferant erzählt, wollen sie bestimmt die Versicherung kassieren und flüchten.“

„Dann waren es sicher wertvolle Möbel und Bilder, die sie damals aus der Garage in den Lieferwagen geschleppt haben“, sagt Frau Lau.

„Genau, die Versicherung sollte sie nicht finden“, überlegt Tim.

„Aber wieso haben sie mich entführt?“, fragt Frau Lau.

„Sie wollten Sie loswerden. Sie haben zu viel mitgekriegt. Vielleicht hat Frau Haase gemerkt, dass Sie sie mit dem Mann beobachtet haben“, erklärt Jo. „Ich glaube, die Leute wussten auch, dass Sie den nächtlichen Transport mit dem Lieferwagen fotografiert haben. Erinnert euch, in dem chiffrierten Brief stand, ‚Alte spioniert weiter‘.“

„Aber wie haben sie das erfahren? Wir haben doch niemandem davon erzählt“, überlegt Tim.

Ron S. Fox parkt sein Auto in der Parkstraße. Jos Blick wandert zur Villa hinüber. Dort ist alles dunkel. Nur die zerborstene Scheibe erinnert an die Vorfälle.

„Sind Haases verhaftet worden?“, fragt Frau Lau.

Tim schüttelt den Kopf. „Noch nicht. Sie sind verschwunden. Die Polizei fahndet auch noch nach dem Komplizen, einem stämmigen, maskierten Kerl.“

„Ja, so sah der Bursche aus, der mich betäubt hat“, ruft Frau Lau. „Er kam mir irgendwie bekannt vor. Aber ich komme nicht drauf, wieso.“

„Sieh mal, dort!“ Tim stößt Jo an. Durch den Garten nebenan schleichen vier Gestalten. Im Mondlicht erkennt man deutlich ihre Schatten.

Jetzt sieht auch Frau Lau die Schatten. Plötzlich erstarrt sie. „Ich werde ohnmächtig“, sagt sie mit erstickter Stimme. Lautlos sinkt sie zu Boden.

`Welcher Schatten hat Frau Lau so aufgeregt?`

Ron S. Fox ruft per Handy die Polizei, während Tim und Jo sich um die ohnmächtige alte Dame bemühen.

Endlich kommt Frau Lau wieder zu sich. Sie stöhnt: „Der Mann mit dem Schlapphut ist mein Neffe Dieter. Ich habe ihn genau erkannt. Was hat er bloß mit diesen Verbrechern zu tun?“

„Logo!“ Tim ist plötzlich alles klar. „Ihr Neffe ist an dem Betrug beteiligt. Er war der Entführer. Von ihm wussten Haases auch immer genau über unsere Ermittlungen Bescheid. Sie selbst haben ihm doch am Telefon immer alles erzählt.“

Frau Lau presst die Hand gegen die Stirn. „Natürlich, er war der Maskierte, der mich betäubt hat“, ruft sie empört. „Deshalb kam er mir auch so bekannt vor.“

Unterdessen schleichen die vier Verbrecher, mit Koffern und Taschen beladen, durch den Garten zurück zu dem schwarzen BMW.

„Sie versuchen zu entkommen“, schreit Frau Lau in heller Aufregung. „Wir müssen sie aufhalten.“

In diesem Augenblick fahren zwei Streifenwagen mit heulenden Sirenen vor. Ein Wagen hält auf der Straße, der zweite bremst direkt hinter dem BMW. Die vier haben keine Chance zu entkommen. Gebannt schauen Tim und Jo zu, wie die Betrüger die Hände hochheben, wie sie abgetastet werden und die Handschellen zuschnappen.

Als die Polizisten die vier zum Streifenwagen führen, stellt sich ihnen Frau Lau in den Weg. Sie schaut ihren Neffen nur an. Als sein Blick ihrem begegnet, sieht er zu Boden.

„Es tut mir Leid, Tante Hilde“, stammelt er verlegen. „Ich wollte dir nichts tun. Wenn du bloß nicht so neugierig gewesen wärst.“

Die Polizei beendet das Gespräch und führt die drei Männer und Frau Haase ab.

„Wie ist es möglich, dass Sie Ihren Neffen nicht erkannt haben, als er sich nachts mit Frau Haase getroffen hat oder später, als sie ihn fotografiert haben“, fragt Jo.

„Es war doch stockdunkel. Außerdem sehe ich doch so schlecht. Ja, wenn ich gleich dein Fernglas gehabt hätte.“

Tim und Jo haken Frau Lau unter und führen sie ins Haus.

„Jetzt wissen wir alles“, sagt Jo. „Haases haben den Drohbrief geschickt, um

Ihnen Angst einzujagen. Sie sollten sich fürchten und zu Ihrem Neffen ziehen. Dann hätte niemand die Verbrecher bei den Vorbereitungen zu dem fingierten Einbruch beobachten können. Aber jetzt ist alles vorbei, Frau Lau. Und wenn wieder mal was ist, Sie wissen ja: Kennwort?"

„Rätselkrimi", ruft Frau Lau und lacht.

Gefahr aus dem Internet

Montag, 16 Uhr im Krimiclub. Die Detektive sind in ihre Arbeit versunken. Sie diskutieren, untersuchen Spuren, entwickeln Fotos, hören Tonbandaufnahmen ab oder sitzen einfach schweigend da, weil sie scharf nachdenken müssen. Andere, die gerade keinen aktuellen Fall haben, hören Ron S. Fox zu.

Er gibt den Detektiven Tipps und Hinweise, die ihnen bei ihren Ermittlungen nützlich sind.

„Das Lügen ...“, erklärt Ron gerade, „... ist eine schwierige Sache. Ihr müsst darauf achten, ob die verdächtige Person sich an der Nase kratzt. Das ist zum Beispiel ein wichtiges Indiz dafür, dass sie nicht die Wahrheit sagt. Oder die Augen! Wer lügt, hat einen unruhigen Blick.“

Da geht schwungvoll die Tür auf, und Sonja und Sven kommen herein. „Ah, unsere Computerexperten!“, begrüßt Ron sie. „Seid willkommen!“

„Kennwort: Rätselkrimi!“, rufen Sonja und Sven in den Raum.

Sie begeben sich gleich an ihren Arbeitsplatz. Sven schaltet den Computer ein, und sobald der Bildschirm zu leuchten anfängt, schnappt Sonja sich die Maus. „Mal sehen, was es so Neues gibt“, murmelt

sie, während sie sich durch die verschiedenen Oberflächen klickt. Dann hält sie inne. „Sven, schau mal! Wir haben eine E-Mail von den ‚Umweltfüchsen' bekommen."

Sven setzt sich neben sie vor den Computer und liest: „Liebe Detektive! Erst mal soll ich euch von unserem ganzen Club grüßen. Ich schreibe euch, weil wir ein großes Problem haben. In letzter Zeit bekommen wir immer wieder so merkwürdige E-Mails. Darin werden wir beschimpft und beleidigt. Immer wieder ist die Rede davon, dass wir mit unserer Arbeit aufhören sollen. Die Briefe klingen sehr bedrohlich, und ich bekomme langsam Angst, dass jemandem in unserem Club etwas passieren wird. Könnt ihr uns helfen? Viele Grüße! Julia, im Namen der Umweltfüchse."

„Das klingt aber dubios", sagt Sven.

„Na, gibt es interessante Neuigkeiten?", fragt Ron S. Fox und kommt zu den beiden an den Computer.

„Ja, die Umweltfüchse werden bedroht", erklärt Sven besorgt. „Ich glaube, sie brauchen wirklich Hilfe."

Mit angespanntem Gesicht liest Ron S. Fox die Mail. Dann runzelt er die Stirn. „Das sieht nach einem schwierigen Fall aus. Traut ihr beiden euch das zu?"

„Na klar!", ruft Sven begeistert. „Wir können die Umweltfüchse doch nicht hängen lassen."

Sonja nickt. Ihre Finger fliegen schon über die Tasten. „Ich schreibe Julia zurück. Sie soll uns die E-Mails schicken."

Ron S. Fox klopft Sonja und Sven auf die Schulter. „In Computer-Angelegenheiten seid ihr die Besten, das ist keine Frage. Aber passt auf euch auf! Ich hoffe, dass hinter den Drohbriefen keine ernste Gefahr steckt."

Als Sonja ihren Antwortbrief abgeschickt hat, müssen die Detektive auf die Antwort warten. Weil sie ohnehin noch online sind, nutzen sie die Gelegenheit und surfen zur Homepage der ‚Umweltfüchse'.

„Die haben ja eine tolle Grafik", stellt Sonja bewundernd fest. „Guck doch mal! Man kann sehen, wie das Ozonloch von Tag zu Tag größer wird."

Nach einer Weile erscheint der Hinweis ‚Sie haben eine neue Mail' auf dem Bildschirm. Julia hat ihnen zum Glück gleich geantwortet. Sie schreibt: „Liebe Detektive! Ich bin so froh, dass ihr uns helfen wollt. Natürlich könnt ihr die Drohbriefe lesen. Ich habe sie gleich an euch weitergeleitet. Es sind insgesamt drei Stück. Kommt doch mal bei uns vorbei, damit wir alles genauer besprechen können. Viele Grüße, Julia."

Sofort druckt Sonja die drei Mails aus. Sven kniet sich neben den Drucker und zieht die bedruckten Seiten ungeduldig heraus.

„Der erste Brief kommt von tarantula.mystery@kfl.de. Wer soll das denn sein? Hier ist der zweite, von schwarze.maske@kfl.de.“

„Und der dritte?“, fragt Sonja. Sie schaut Sven über die Schulter.

„Moment, der dritte Absender ist: das.omen@kfl.de.“

Sonja schüttelt sich. „Was sind das denn für komische Typen? Da kriegt man ja eine Gänsehaut! Na ja, auf jeden Fall sind es wohl codierte Absender.“

Sven hat die drei E-Mails vor sich ausgebreitet und liest sie aufmerksam. „Vielleicht ...“, sagt er nachdenklich, „... vielleicht sind es gar nicht drei. Schau mal genau hin!“

Was meint Sven?

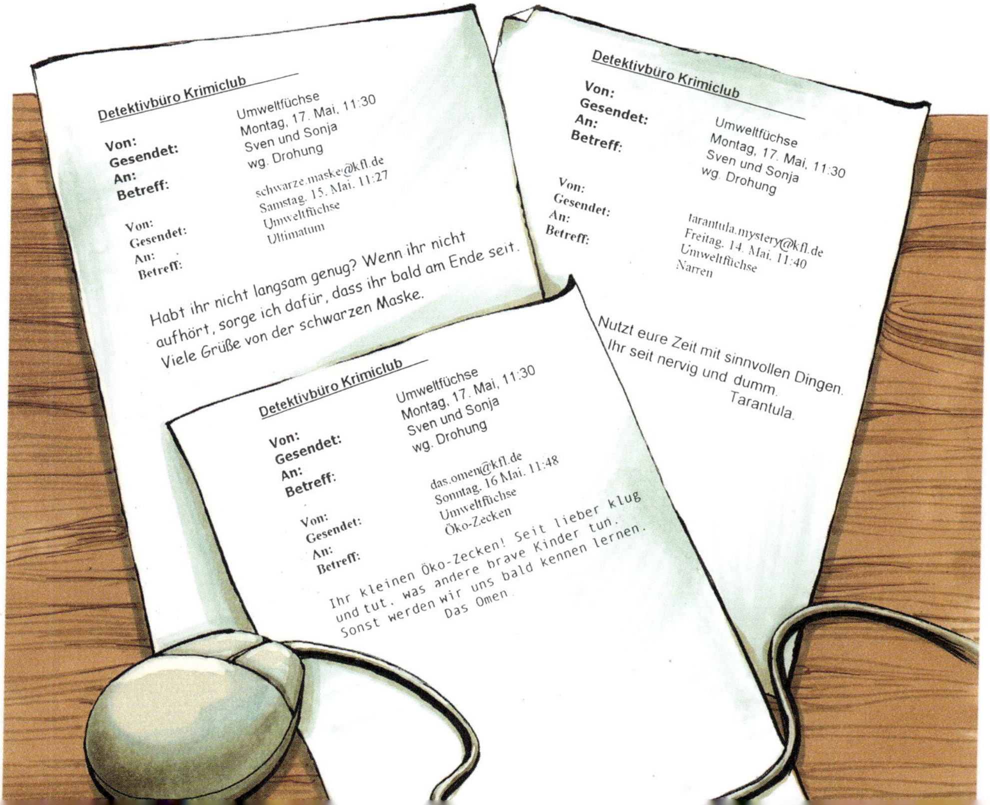

„Das ist ja die Höhe!“, meint Sonja empört. „Er behauptet, die Umweltfüchse seien klein und dumm. Dabei kann er selber nicht mal richtig schreiben. ‚Ihr seid‘ mit ‚t‘ am Ende!“

„Das hatten wir schon in der Grundschule“, stimmt Sven ihr zu. „Ich bin, du bist, wir sind ...“

„Hör auf!“, unterbricht Sonja ihn lachend. „Erzähl das lieber Mister Tarantula!“

Sven denkt nicht weiter über Grammatik nach. Der anonyme Absender geht ihm jetzt durch den Kopf. „Wenn alle Briefe also nur eine einzige Person geschrieben hat, dann scheint sie es sehr ernst zu meinen. Vielleicht ist sie sogar gefährlicher als drei von der Sorte zusammen.“

„Das kann sein“, sagt Sonja. „Aber die Sache hat jetzt einen wesentlichen Vorteil. Ich werde versuchen, die verschlüsselten Absender zu knacken. Wenn drei Mails zu einer gemeinsamen Spur führen, wird es leichter sein, sie zu finden.“

„Kannst du das auch von dem Computer der Umweltfüchse aus machen?“, fragt Sven.

„Das geht. Ich muss nur die Ausrüstung mitnehmen.“ Sonja packt einige Disketten und CD-ROMs ein.

Sven erzählt inzwischen Ron S. Fox, dass sie sich zusammen auf den Weg machen. „Ich habe noch etwas für euch“, fällt diesem dabei ein. „Der internationale Verband für Detektiv-Forschung hat mir kürzlich eine technische Neuheit geschickt. Ein Computerprogramm, speziell für Kriminologen, das bei der Spurensuche im Internet sehr hilfreich sein soll. Ich hoffe, ihr kommt damit zurecht.“

Sonja nimmt die CD-ROM mit dem Programm gerne entgegen. „Danke“, sagt sie.

Ron S. Fox und die anderen Detektive wünschen den beiden viel Glück bei ihrem neuen Fall. Zum Abschied rufen sie noch einmal: „Kennwort?“

„Rätselkrimi!“, antworten Sonja und Sven und verlassen den Club, um sich auf den Weg zu den Umweltfüchsen zu machen.

Als sie das Büro betreten, begrüßt Julia sie gleich erfreut. Sie zeigt den Detektiven stolz die Poster und Transparente, die im Büro an der Wand hängen. Darauf stehen Sprüche wie zum Beispiel: „Bäume statt Autos!“

oder „Kein Geld ist ein Leben wert“. Zwei Umweltfüchse malen gerade ein neues Plakat, auf dem die Erde abgebildet ist und eine Uhr, die auf fünf vor zwölf zeigt. Andere

Jugendliche diskutieren, telefonieren und schmieden neue Pläne.

„Hier geht es ja zu wie bei uns“, stellt Sonja fest.

Julia lächelt. „Das kann ich mir vorstellen. Ihr habt bestimmt auch viel zu tun. Falls wir euch auch mal helfen können ...", sie schaut Sven an, „... könnt ihr jederzeit anrufen."

„Oder mailen!", wirft Sonja ein. „Wo steht denn euer Computer?"

Julia führt die Detektive zum Computer. Sonja packt gleich ihre Tasche aus und schiebt die erste Diskette ein. Sie starrt konzentriert auf den Bildschirm, tippt immer wieder etwas, während das Modem laut rattert und tutet.

„Aha!", ruft sie nach einer Weile. „Wir kommen der Sache schon näher. Jetzt gibt es nur noch fünf mögliche Absender. Einer von ihnen muss es gewesen sein."

Wo wurden die E-mails losgeschickt?

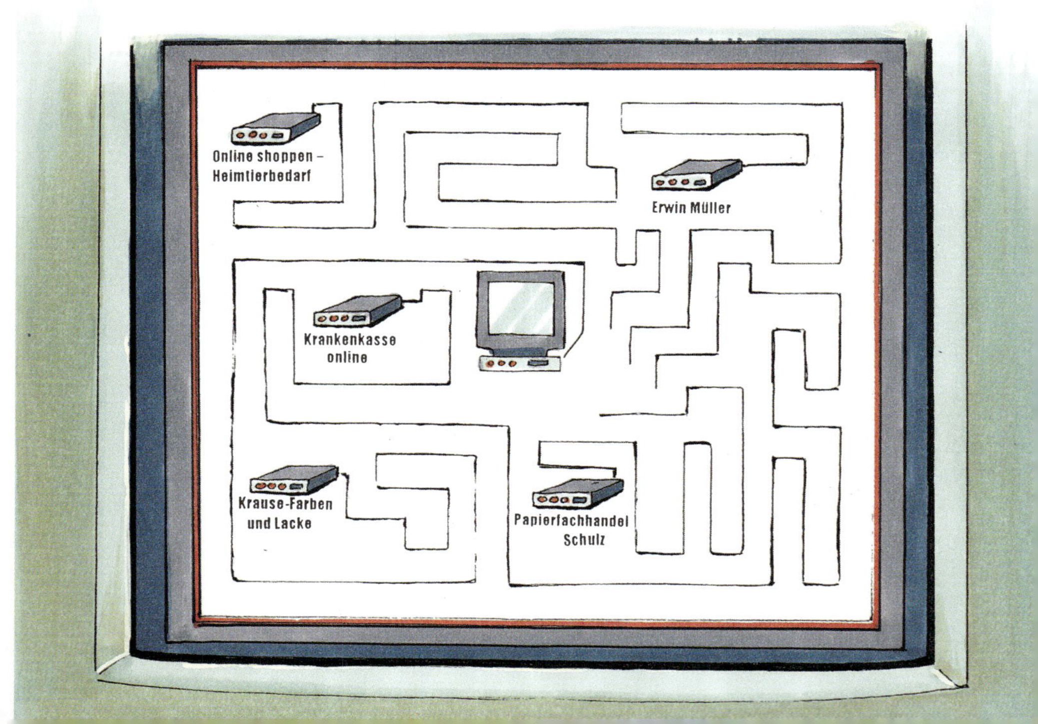

„Das gibt es nicht!“, ruft Julia aufgeregt. „‚KRAUSE-Farben und Lacke‘! Die haben wir schon ziemlich lange auf dem Kieker.“

„Du kennst die Firma?!“ Jetzt sind die Detektive gespannt. „Ist mit denen was faul?“

Julia nickt. „Faul, das kann man wohl sagen. Die Fabrik steht auf einem Gelände, das direkt am Flussufer liegt. Vor zwei Wochen gab es plötzlich ein großes Fischsterben. Es war furchtbar. Ich habe selbst gesehen, wie die toten Fische auf der Wasseroberfläche davongetrieben wurden. Niemand wusste, wie das zu Stande kam. Aber eines war auffällig: Die meisten toten Fische wurden in der Nähe der ‚KRAUSE‘-Fabrik gesehen.“

„Die haben bestimmt ihre giftigen Lacke in den Fluss gekippt“, überlegt Sonja.

„Habt ihr was dagegen unternommen?“

„Was sollten wir machen? Wir hatten ja keine Beweise. Immerhin haben wir an dem Tag, als das mit den Fischen passierte, Wasserproben genommen.“

„Und was kam dabei heraus?“

„Das ist das nächste Problem. Die Proben zu analysieren ist nicht einfach. Wir haben einen Professor an der Uni gefragt, ob er sie sich anschauen könnte. Aber der konnte uns erst nächste Woche einen Termin geben. Wir haben sie in unserem kleinen Labor konserviert, und da stehen sie jetzt noch.“

„Dürfen wir sie uns mal anschauen?“, fragt Sven.

„Natürlich! Wartet, ich hole sie." Julia geht zu dem Labor, das sich in einem kleinen Nebenzimmer befindet.

Während sie weg ist, nimmt Sven noch einmal die Drohbriefe in die Hand. „Guck mal, Sonja! Ich dachte schon die ganze Zeit, dass mir etwas bekannt vorkam. Die Absender von den Mails haben doch alle den gleichen Server, und der lautet ‚kfl'. Verstehst du? K für Krause, f für Farben ..."

„Und l für Lacke", stimmt Sonja erstaunt mit ein. „Jetzt gibt es keinen Zweifel mehr." Sie macht sicherheitshalber gleich einen Ausdruck der ‚KRAUSE'-Homepage.

Kurz darauf kommt Julia zurück zu den Detektiven. Sie balanciert ein großes Tablett, auf dem fünf beschriftete Gläser stehen. Das Wasser in den Gläsern ist trübe, in einigen etwas mehr, in anderen weniger. Ansonsten kann man ihnen nichts Besonderes ansehen. Julia stellt das Tablett bei den Detektiven ab. „Hier sind sie. Aber ich bezweifle, dass ihr damit etwas anfangen könnt."

„Wenn wir keine Ahnung haben, dann holen wir sie uns eben aus dem Internet", sagt Sonja und wendet sich wieder dem Computer zu. Als sie eingeloggt ist, startet sie eine Suchmaschine. Kurz darauf öffnet sich die Seite eines wissenschaftlichen Instituts. Darauf sind Abbildungen von Wasserproben zu sehen.

„Vielleicht können wir sie ja selbst untersuchen", schlägt Sven vor. „In dem Text steht, dass man für so eine Untersuchung einen Indikator braucht. Julia, habt ihr so einen Indikator?"

„Ich denke schon.“ Julia verschwindet wieder kurz und kehrt dann mit einem kleinen Fläschchen und Indikatorpapier zurück. „Also gut. Probieren wir es. Wir haben ja mehrere Wasserproben aus dem Fluss genommen. Diese hier ...“, sie hält eines der Gläser hoch, „... diese war auf der Höhe der ‚KRAUSE‘-Fabrik.“

Julia lässt ein paar Tropfen aus dem Fläschen in das Wasserglas fallen. Gespannt warten die drei, wie es sich verfärben wird. Und sie beobachten, wie das Papier nach und nach immer röter wird. Sonja wendet sich wieder dem Computer zu. „Was meint ihr – welcher Abbildung sieht unsere Verfärbung wohl am ähnlichsten?“

Welcher Abbildung sieht die Verfärbung am ähnlichsten?

Sonja, Sven und Julia schauen abwechselnd auf das Papier und auf den Bildschirm. Dann sind sie sich einig: Die sechste Abbildung ist genauso rot wie ihre Probe. Sonja geht mit der Maus auf das sechste Kästchen und klickt. Daraufhin öffnet sich eine neue Seite.

„Diese Wasserzusammensetzung ist typisch für Flüsse in industriellen Ballungsräumen", liest Sven vor. „Kennzeichnend sind chemische Substanzen, die oft in industriellen Abwässern enthalten sind. Noch immer leiten Fabriken sie in Gewässer, obwohl dies verboten ist und mit Strafen geahndet wird."

„Ich glaube, du brauchst nicht weiterzulesen", unterbricht Sonja ihn. „Das Wichtigste ist klar. Wir wissen jetzt, dass das Wasser vergiftet war, wahrscheinlich von einer Fabrik. ‚KRAUSE-Farben und Lacke' ist sehr verdächtig, weil ihre Fabrik in der Nähe der vergifteten Stelle steht. Aber warum greifen sie euch an?"

„Sie müssen herausgefunden haben, dass wir sie verdächtigen. Das ist auch nicht schwer. Wir veröffentlichen nämlich regelmäßig ein Informationsblatt. Darin war auch ein kurzer Bericht über den verschmutzten Fluss und unseren Verdacht."

Da hat Sonja eine Idee. „Wann kommt das nächste Informationsblatt raus?"

„Die anderen arbeiten gerade daran." Julia zeigt zu einer

Gruppe von Umweltfüchsen, die um einen Tisch herumsitzen, auf dem viel Papier liegt. „Es soll morgen gedruckt werden. Danach fangen wir an, es zu verteilen."

„Wunderbar!" Sonja reibt sich die Hände. „Dann werden wir dem anonymen Briefeschreiber eine Falle stellen."

Als Sonja den beiden ihre Idee erklärt hat, gehen sie zusammen zu der Redaktion des Infoblatts. Sie fragen, ob es möglich ist, noch eine kleine Ankündigung unterzubringen. Die Umweltfüchse sind einverstanden und tippen schnell den Text, den Sonja ihnen diktiert: „Verdacht auf Flussverschmutzung! Deshalb machen wir eine Wanderung am Flussufer, bei der wir an verschiedenen Stellen das Wasser untersuchen werden. Alle sind eingeladen mitzukommen. Treffpunkt ist am Donnerstag um 15 Uhr an der Südbrücke."

Am nächsten Tag warten Sonja und Sven ungeduldig an der Druckerei, bis das Infoblatt fertig ist. Sie schnappen sich das erste Exemplar und bringen es heimlich zu der ‚KRAUSE'-Fabrik. Als Sven es in den Briefkasten geworfen hat, schaut er Sonja nervös an. „Morgen ist Donnerstag. Mal sehen, ob der Plan funktioniert."

Es ist so weit: Donnerstag, um 15 Uhr an der Südbrücke. Eine Gruppe von jungen Leuten scheint bereit zu sein für eine Flusswanderung. In Wirklichkeit sind es Detektive und Umweltfüchse, die nur zur Tarnung gekommen sind. Julia führt sie alle ans Flussufer und nimmt mit ihnen eine Wasserprobe. Dabei redet sie laut über Wasserverschmutzung.

Unterdessen haben Sonja und Sven Zeit, unauffällig die Passanten zu beobachten.

Benimmt sich ein Spaziergänger verdächtig?

Sven stupst Sonja an. „Siehst du den Mann im Trenchcoat?“

Sonja sieht ihn. Und sie sieht auch, wie der Mann gerade auf den Auslöser seiner Kamera drückt. Er hat Julia fotografiert!

Dann schaut der Mann sich nervös um. Plötzlich geht er mit schnellen Schritten zu Julia und ihren Zuhörern. „Was macht ihr denn da?!“, fragt er barsch.

Julia bleibt ganz ruhig. „Wir nehmen Wasserproben. In diesem Fluss mussten nämlich in letzter Zeit viele Tiere und Pflanzen sterben, weil die Fabriken einfach ihre Giftstoffe in das Wasser lassen.“

„So ein Quatsch!“, schimpft der Mann. „Die deutschen Flüsse sind sauber. Aber was ihr da macht, das ist Umweltverschmutzung! Ihr zertrampelt ja das ganze Ufer!“ Dann dreht sich der Mann abrupt um und stapft davon.

„Wir müssen ihm nach“, raunt Sonja.

„Ja, geh du schon los! Ich komm gleich“, sagt Sven und läuft schnell zu Julia herüber.

„Dieser Mistkerl!“, schimpft er. „Ist alles in Ordnung mit dir?“ Er legt sanft seinen Arm um Julias Schultern.

Julia lächelt. „Klar, unser Plan scheint ja funktioniert zu haben.“

„Wir sehen uns später!“ Jetzt muss Sven sich beeilen, um Sonja noch zu erwischen.

Die ist dem Mann in den Wald gefolgt, der an den Fluss angrenzt. Der Mann gibt sich keine Mühe mehr, als Spaziergänger zu erscheinen. Eilig geht er durch den Wald und gelangt an einen Parkplatz. Hinter einem Baum versteckt sieht Sonja gerade noch, wie er in einen Wagen steigt. Sven kommt zu ihr.

„Mist!“, flucht Sonja. „Er macht sich mit dem Auto davon, und wir verlieren seine Spur.“

Sie können nur noch zugucken, wie der Mann in seinem Auto davonfährt. Es ist ein grüner Lieferwagen – mehr können sie nicht erkennen, nicht mal das Kennzeichen.

Sven zieht seinen Detektiv-Notizblock heraus und geht zu der Stelle, an welcher der Wagen geparkt hatte. In dem Waldboden sind noch deutlich die Reifenspuren zu erkennen.

Sonja schaut Sven über die Schulter. Er zeichnet die Reifenspuren ab. „Willst du jetzt etwa in der ganzen Stadt nach grünen Lieferwagen suchen und dir die Reifen angucken?“

„In der ganzen Stadt nicht“, antwortet Sven. „Aber auf dem Parkplatz von ‚KRAUSE‘!“

Als Sven fertig ist, gehen die beiden Detektive zu Fuß zu der Farbenfabrik. Ihr Ziel ist diesmal nicht der Haupteingang, sondern die Rückseite des Gebäudes. Dort befindet sich der Firmenparkplatz.

„Das gibt's ja nicht!", ruft Sonja, als sie den Parkplatz erreicht haben. „Grüne Lieferwagen!" Ordentlich in einer Reihe geparkt stehen dort sieben grüne Lieferwagen. Alle tragen die Aufschrift ‚KRAUSE-Farben und Lacke – ein Name, der Gutes verspricht'.

„Gutes!", schnaubt Sven. „Gutes für die Fische, oder wie?!"

„Es ist doch jetzt egal, was die für Werbesprüche haben", lenkt Sonja ein. „Wir wissen ja noch gar nicht genau, ob die Autos überhaupt etwas mit dem Trenchcoat-Mann zu tun haben."

Da zieht Sven seinen Notizblock aus der Tasche.

`War einer der Lieferwagen am Flussufer?`

„Der zweite Lieferwagen war es! Die Reifenspuren stimmen eindeutig überein!“, stellt Sven zufrieden fest. „Und guck mal – am Reifen hängen sogar noch Reste von Walderde!“

„Wir wissen zwar noch nicht, wie dieser Mann heißt“, fasst Sonja zusammen. „Aber wir wissen sicher, dass er in der Fabrik arbeitet und dass er sich für die Arbeit der Umweltfüchse interessiert. Und dafür wird er wohl seinen Grund haben.“

„Ein Mistkerl ist das!“, schimpft Sven wütend. „Es reicht nicht, dass er den Fluss verpestet. Er musste auch noch Julia fotografieren. Was auch immer er mit dem Foto vorhat – das war eindeutig zu viel!“

Alles deutet darauf hin, dass die ‚KRAUSE‘-Fabrik Dreck am Stecken hat. Doch die Detektive können es noch nicht beweisen. Auf dem Weg zurück in den Club überlegen sie, was sie als Nächstes unternehmen sollen.

„Wir müssen sie aus der Reserve locken“, meint Sonja. „Vielleicht reagieren sie, wenn wir ihnen klar sagen, was wir vermuten. Ich möchte ja gerne wissen, was dann passiert.“

Sven nickt. „Ich habe schon eine Idee, wie wir sie schocken werden.“

Als sie zurück im Club sind, setzt Sven sich an den Computer. Er ruft das Grafikprogramm auf und beginnt, ein Kunstwerk zu erstellen. Mit Hilfe der verschiedenen Techniken malt er einen Fisch. Der Fisch ist tot, die Augen quellen ihm über, und die Schuppen sehen schimmelig aus. Es ist wirklich ein erbärmliches Bild. Allen anderen Detektiven im Club, denen er es zeigt, zerreißt es fast das Herz vor Mitleid.

Unter den Fisch schreibt Sven: „Hört auf damit! Wir wissen Bescheid!“ Dann verschlüsseln sie die Mail und schicken sie zu ‚KRAUSE-Farben und Lacke‘. Die Adresse haben sie ja im Büro der Umweltfüchse herausbekommen.

Nun müssen Sonja und Sven warten. Hoffentlich liest jemand bald die Mail! Und hoffentlich wird er ihnen antworten!

Nach einer Weile öffnet Sonja die Mailbox der Detektive, um nachzusehen. Und tatsächlich, es ist eine neue Mail eingegangen. Der Absender lautet: „schwarzemaske @kfl.de“!

Neugierig öffnet Sonja die Mail und stößt plötzlich einen gellenden Schrei aus: „Nein! Das darf nicht wahr sein! Ein Virus!“

Auf dem Bildschirm breitet sich ein wirres Durcheinander von Buchstaben und Zahlen aus. Nichts, aber auch gar nichts scheint darin einen Sinn zu ergeben.

„Hat er unseren ganzen Computer verseucht?“, fragt Sven zitternd.

Zur Kontrolle öffnet Sonja irgendeine Datei, die einmal auf der Detektiv-Festplatte abgespeichert wurde. Doch der Text ist kein Text mehr, sondern nur noch Chaos. Verzweifelt rauft Sonja sich die Haare. Sie ist den Tränen nahe.

„Warte mal“, will Sven sie beruhigen. „Ich habe eine Idee, wie der Virus funktioniert.“

Was hat der Virus mit dem Text gemacht?

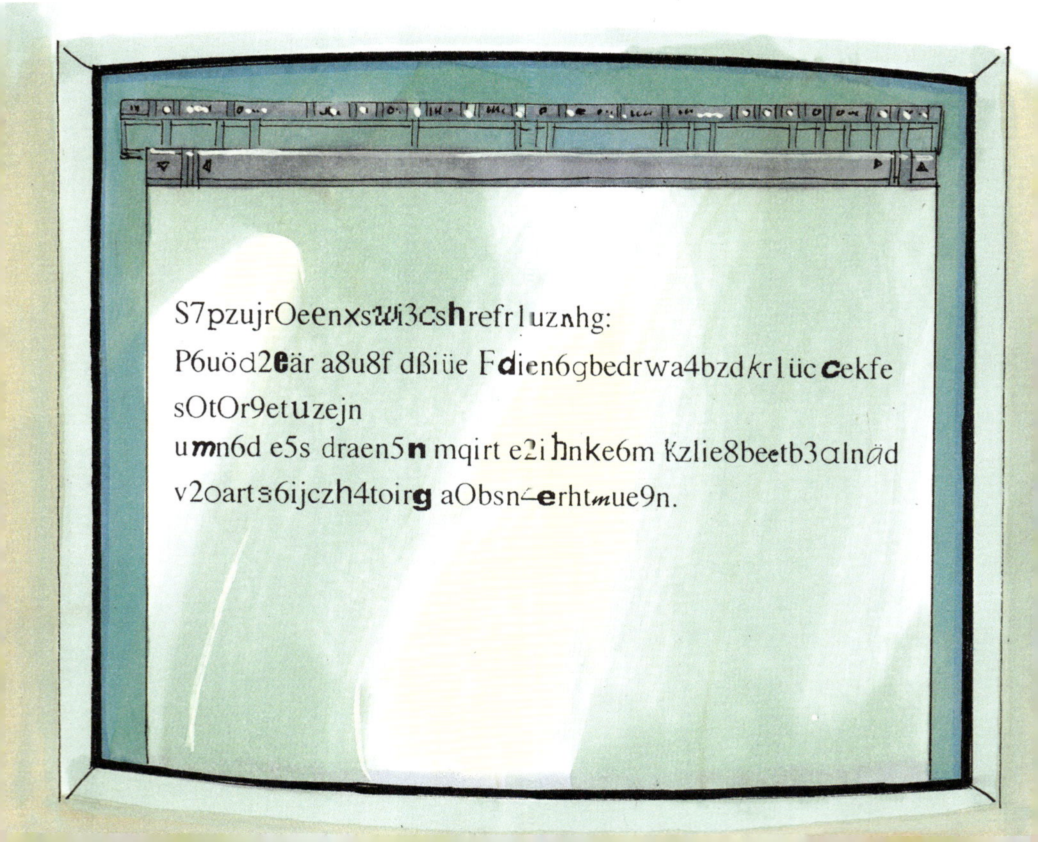

Nach einigem Tüfteln haben die Detektive den Dreh heraus. Sie lesen nur jeden zweiten Buchstaben und erkennen den alten Text wieder.

„Dann hat er also doch nichts gelöscht“, atmet Sonja auf. „Jetzt müssen wir es nur noch hinbekommen, dass dieses komische Kauderwelsch verschwindet.“

Sven holt Ron S. Fox, um ihm das Problem zu zeigen. Auch er erschrickt, als er den Bildschirm sieht. Doch dann beruhigen die beiden ihn.

„Wir brauchen ein Anti-Viren-Programm“, erklärt Sonja. „Dann könnten wir die Sache vielleicht in den Griff bekommen.“

Ron S. Fox hat eine große Diskettenbox, in der er die Software des Internationalen Detektiv-Verbandes aufbewahrt. Er wühlt darin herum und zieht dann eine Diskette

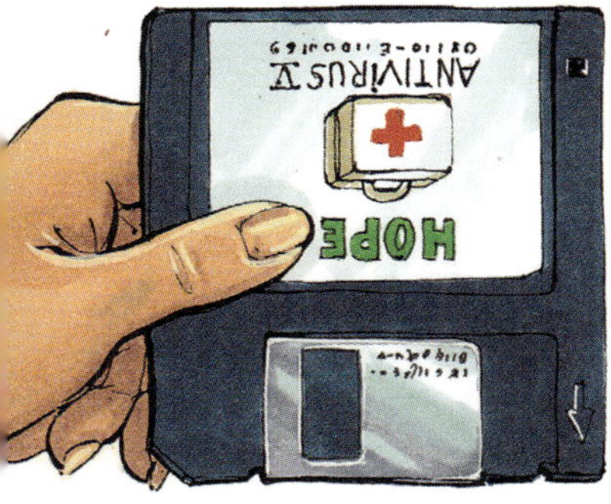

heraus. „Versucht es mal damit“, sagt er und gibt sie Sonja.

Sonja schiebt sie in den Computer und macht sich an die Arbeit. Sven muss solange warten. Gedankenverloren dreht er sich auf seinem Bürostuhl im Kreis. „Julia ist ziemlich nett, oder?“

„Mhm“, brummt Sonja, ohne den Blick vom Bildschirm zu wenden.

„Ich finde, sie hat schöne Augen.“ Er dreht sich weiter. „Weißt du eigentlich, was genau bei Romeo und Julia passiert?“

„Nicht so genau. Ich weiß nur, dass Romeo ziemlich verknallt ist in Julia.“

„Und sie ist auch verknallt in ihn?“

„Ja, klar.“

„Und die beiden küssen sich dann?“

„Also, Sven! Ich muss mich hier konzentrieren.“

Sven seufzt und träumt leise weiter vor sich hin.

Nach einer Weile klatscht Sonja endlich glücklich in die Hände. „Ich hab es geschafft! Der Virus ist besiegt. Die Mail von ‚Schwarze Maske‘ war übrigens ohne weiteren Inhalt.“

„Jetzt müssen wir uns was Neues einfallen lassen. Die Firma wird uns freiwillig nichts erzählen. Aber ich habe mir etwas anderes überlegt. Ron!“ Sven winkt Ron S. Fox, dass er zu ihnen kommen soll.

„Wir brauchen einen Klassenlehrer“, beginnt Sven, als Ron S. Fox bei ihnen ist. Dann zeigt er auf die jungen Leute im Krimiclub. „Wir sind eine Schulklasse. Natürlich nur für einen Nachmittag. Wir sind sehr neugierige Schüler und wollen sooo gerne mal wissen, wie eine Fabrik von innen aussieht. Wir haben unseren Lehrer gefragt, ob wir nicht mal einen Ausflug in eine Farbenfabrik machen könnten.“

„Ich verstehe“, grinst Ron S. Fox. „Habt ihr die Telefonnummer von der ‚KRAUSE‘-Fabrik?“

„Die haben wir gleich“, antwortet Sonja. „Sie steht bestimmt auf der Homepage.“ Sonja loggt sich ein und ruft die ‚KRAUSE‘-Homepage auf. Oben steht groß und breit die Adresse mit Telefonnummer. Sonja diktiert sie für Ron. Dann schaut sie sich stirnrunzelnd die Homepage an.

„Irgendwas stimmt hier nicht.“ Sonja holt den Ausdruck, den sie damals bei den Umweltfüchsen von der Homepage gemacht hat. „Guck mal, Sven! Das ist total verändert!“

Wie wurde die Homepage in der Zwischenzeit verändert?

„Na und?“, sagt Sven. „Die haben die Homepage verändert. Aber wo ist das Problem?“

„Guck doch mal richtig hin!“

Sven schüttelt den Kopf. „Du glaubst also, dass wir endlich einen Grund haben, die ganze Firma ins Gefängnis zu sperren. Wegen Schwerverbrechen: Neugestalten der Website.“

„Eine Homepage umzugestalten ist kein Verbrechen. Da gebe ich dir Recht.“ Sonja grinst. „Aber uns jetzt auch noch für blöd zu verkaufen ...“

„Was? Zeig her!“ Jetzt interessiert sich Sven doch für die Homepage. ‚Unsere Produkte sind alle umweltverträglich‘, liest er vor. „Der blanke Hohn! Die machen sich einen Witz!“

Sonjas Stirn legt sich in tiefe Falten. „Wenn ich an die toten Fische denke, wird mir ganz schlecht. Wir müssen endlich Beweise finden gegen diese Verbrecher. So geht es nicht weiter.“

Freudestrahlend kommt Ron S. Fox zu den beiden an den Computer. „Ich hab's geschafft!“, verkündet er stolz. „Morgen gibt es einen Schulausflug. Und dann dürft ihr mich gerne ‚Herr Lehrer‘ nennen.“

„Dafür werden wir keine Zeit haben“, meint Sven. „Unser Besuch in der Fabrik ist schließlich nicht zum Spaß. Wir müssen uns hundertprozentig auf unsere kriminalistische Aufgabe konzentrieren.“

Sonja lacht. „Aber damit das nicht auffällt, brauchen wir gute Mitschüler. Jetzt müssen wir uns erst mal eine Klasse zusammensammeln."

Zuerst sprechen die beiden die anderen Detektive an, die außer ihnen im Büro sind. Sie erklären ihnen, dass morgen ein wichtiger Einsatz ist. Und außerdem ist es ja auch ganz interessant, einmal eine Fabrik von innen zu sehen.

Alle Detektive sagen sofort zu. Wenn ein Fall gerade brisant ist, dann helfen sie sich gegenseitig. Das ist selbstverständlich. Für eine ganze Schulklasse sind sie jedoch nicht genug.

„Wir könnten bei den Umweltfüchsen anrufen und fragen, ob sie mitkommen", überlegt Sonja.

Sven springt auf. „Das übernehme ich!" Er rennt so schnell zum Telefon, dass er Sonjas Grinsen gar nicht bemerkt.

Als er gewählt hat, meldet sich am anderen Ende Julia. „Ach, Sven!", sagt sie aufgeregt. „Das ist ja ein Zufall. Ich habe dir gerade eine Mail geschrieben."

Sven freut sich. Er erzählt Julia von dem geplanten Schulausflug, und sie ist sofort begeistert von der Idee. Sie verspricht zu kommen und noch ein paar Umweltfüchse mitzubringen.

Die beiden quatschen noch ein bisschen weiter. Und weil Sonja nicht stören will, wendet sie sich wieder dem Computer zu. Schließlich hat sie schon eine Weile keinen Blick mehr in die Mailbox geworfen.

„Nein!!“, schrillt plötzlich ein Schrei durch den ganzen Detektiv-Club. Sonja schlägt die Hände vors Gesicht und ist den Tränen nahe. Auf dem Bildschirm sieht es wieder sehr, sehr böse aus.

Sven beendet schnell das Telefonat und geht zum Computer. „Bleib locker! Das ist nur für mich. Mal sehen, ob ich die Mail entschlüsseln kann.“

Was steht in der E-mail?

Am nächsten Tag stehen Sonja, Sven, Ron S. Fox und die anderen aus der ‚Schulklasse' vor dem Eingang der ‚KRAUSE'-Fabrik. Sie warten noch, bis die Gruppe vollständig ist. „Bitte, Sven! Jetzt sag endlich, was in dieser Mail stand!" Sonja hält es nicht mehr aus vor Neugier.

„Auch wenn du tausendmal fragst, ich sag es dir nicht. Du hättest einfach von hinten nach vorne lesen müssen, dann wüsstest du es." Sven verdreht genervt die Augen, weil Sonja sich einfach nicht abwimmeln lässt. Jetzt kommen auch noch die Umweltfüchse! Allen voran läuft Julia. Sven winkt ihr entgegen. Und Sonja sieht genau, dass er dabei ein bisschen rot wird.

„Kinder! Ich denke, wir sind jetzt komplett." Ron S. Fox geht wichtig zwischen den Jugendlichen auf und ab. Er scheint sich in seiner Rolle als Lehrer wirklich wohl zu fühlen. „Bitte schön in Zweierreihen aufstellen! Es geht jetzt los!"

„Oh Gott!" Sonja verdreht die Augen. „Ich finde, er übertreibt langsam." Aber sie will Ron S. Fox nicht den Spaß verderben und trottet brav mit den anderen hinter ihm her.

Am Eingang werden sie freundlich von einer Frau begrüßt. Noch bevor sie die Fabrik betreten, hält sie einen Vortrag über die Vorteile chemischer Farben, über die Geschichte der Farbenproduktion, über die großartigen Leistungen von ‚KRAUSE-Farben und Lacke‘ und so weiter und so weiter.

Sonja und Sven werden immer ungeduldiger. Und Julia wird immer verärgerter. „Wenn sie nicht bald aufhört“, flüstert sie Sven zu, „dann halte ich ihr einen Vortrag über das arme Leben als Fisch.“

„Kinder! Ihr müsst gut aufpassen!“ Ron S. Fox wirft Julia einen strengen Blick zu.

Dann beginnt endlich der Rundgang. In riesigen Kesseln werden Massen von Farbe verarbeitet. Sven tunkt heimlich einen Finger in einen Topf mit roter Farbe und malt Julia einen Punkt auf die Nase. Julia regt sich sehr darüber auf. Aber eigentlich freut sie sich. Trotzdem muss Sonja Sven ermahnen. „Ich dachte, wir wollten uns hundertprozentig auf unsere kriminalistische Aufgabe konzentrieren.“

„Bevor die Farben portionsweise abgefüllt werden, werden sie durch diesen Filter gegossen“, erklärt die Frau von der Fabrik. „Selbst kleinste Dreckpartikel werden hier aufgefangen, damit die Farbe zum Verkaufen absolut sauber ist.“

Julia meldet sich. „Was passiert mit den Resten?“

Die Frau schaut Julia verdutzt an. „Die entsorgen wir. Natürlich nicht einfach so ... Äh, ich meine, das geht zum Sondermüll.“

Sonja schaut Sven an und tippt sich an die Stirn. Doch Sven schaut zu Julia, die plötzlich ihre Blumenspange aus dem Haar nimmt. Elegant wallen ihre langen Haare über die Schulter. „Also, Julia ...“, murmelt Sven verlegen, „... das wäre doch nicht nötig gewesen.“

Aber Julia lässt sich nicht beirren. Ihre Blicke fixieren die Frau von der Fabrik. Als diese sich für einen Moment umdreht, schmeißt Julia blitzschnell die Spange in den großen Farbbottich.

„So, jetzt wollen wir mal sehen, was das für ein Sondermüll ist“, sagt Julia zufrieden und folgt der Gruppe weiter durch die Fabrik.

Auf dem Weg zur nächsten Werkhalle kommt die Gruppe jetzt an Büroräumen vorbei. Sven bleibt plötzlich vor einer der gläsernen Bürotüren stehen. „Guck mal!“, flüstert er zu Sonja.

Was hat Sven gesehen?

„Der Fisch!“, flüstert Sonja aufgeregt. „In diesem Büro ist er also angekommen.“

„Man hat ihn in den Müll geworfen! Unerhört!“ Sven ist empört. „Die haben keinen Sinn für Kunst. Dabei habe ich mir so viel Mühe gegeben.“

„Na ja“, meint Sonja lachend. „Ich kann schon verstehen, dass es den Leuten hier nicht gefällt. Zum Glück ist niemand in dem Büro. Wir müssen versuchen, unauffällig hineinzukommen.“

„Bist du verrückt?“, fragt Sven. Seine Stimme ist vor Entsetzen lauter geworden.

„Pscht!“, macht Sonja sofort. „Es hilft nichts. Wenn es in diesem Haus etwas Interessantes für uns gibt, dann befindet es sich bestimmt in diesem Büro.“

Sie beschließen, dass Sven Schmiere stehen soll.

Die Büros sind durch einen langen Flur miteinander verbunden. Das Ende des Flurs führt in eine große Werkshalle, in der immer wieder Arbeiter auf und ab gehen. Sven geht zur Werkhalle vor. Er stellt sich so auf, dass er den gesamten Flur im Blick hat und gleichzeitig sieht, wer sich in der Werkhalle bewegt. Sonja bleibt an der Bürotür, sie hat die Hand schon auf der Klinke liegen.

Dann gibt Sven das Zeichen: Die Luft ist rein. Lautlos öffnet Sonja die Tür und verschwindet im Büro. Sonja weiß erst gar nicht, wo sie anfangen soll. In dem Büro befinden sich abertausende von Akten und Unterlagen. Welche sind nun wichtig? Sonja setzt sich an den Schreibtisch und beginnt mit den Papieren, die dort herumliegen.

Währenddessen wird Sven immer unruhiger. Ihm kommt es vor, als ob Sonja schon seit Stunden in dem Büro stecken würde. Die Arbeiter an den Maschinen werfen ihm immer neugierigere Blicke zu. Mist, denkt Sven, ich fange an aufzufallen.

„He! Was stehst du hier im Weg?!" Ein Mann mit einer tiefen Stimme hat Sven von hinten angesprochen. Erschrocken fährt Sven herum. Und dann trifft ihn fast der Schlag. Der Mann, der vor ihm steht und ihn mit grimmigem Gesicht anstarrt, ist der Trenchcoat-Mann vom Fluss!

„Mach, dass du hier verschwindest!", fährt der Mann ihn noch mal an. Dann wendet er sich von Sven ab und geht weiter. Zielstrebig betritt er den Flur und steuert das Büro an, in dem der Fisch im Papierkorb lag. „Sonja!", schießt es Sven durch den Kopf. Er muss den Mann aufhalten!

„Entschuldigung!" Sven läuft dem Mann hinterher und stellt sich ihm einfach in den Weg. „Entschuldigung. Ich bin mit meiner Schulklasse hier. Ich ... ich musste mal zur Toilette. Die anderen sind schon weitergegangen. Und ich weiß nicht, wohin."

Der Mann ist kein bisschen beeindruckt. „Was hab ich damit zu tun? Ich bin doch kein Babysitter!“

„Bitte!“ Sven fleht den Mann an. Er muss es schaffen. Er muss verhindern, dass der Mann Sonja entdeckt. „Bitte, ich kann meine Klasse alleine nicht finden. Können Sie mir nicht helfen?“ Es wirkt. Der Mann flucht und geht wieder zurück zur Werkhalle.

„Also, komm mit! Die anderen Quälgeister sind jetzt bestimmt in der Abfüllung.“

Sven folgt ihm erleichtert.

Zur selben Zeit ist Sonja noch eifrig im Büro beschäftigt. Unter den vielen Papieren konnte sie nichts entdecken. Sonja überlegt, ob sie aufgeben soll. Da fällt ihr eine Diskettenbox ins Auge. Kurzerhand schüttet sie alle Disketten aus.

`Welche Diskette könnte etwas mit dem Fall zu tun haben?`

Mit schnellen Handgriffen startet Sonja den Computer. Sie schiebt die Diskette hinein, auf der ‚Entsorgung' steht. Sie weiß zwar nicht, ob ihr das weiterhelfen wird. Aber es ist bestimmt nicht schlecht, hiervon eine Kopie zu ziehen. Als Computerexpertin hat sie zum Glück immer eine leere Diskette in der Tasche.

So lange ist Sven immer noch mit dem Trenchcoat-Mann unterwegs. Der hat einen schnellen Schritt, und Sven muss sich Mühe geben mitzuhalten. Sven will die Situation nutzen und ihn in ein Gespräch verwickeln. Er räuspert sich. „Sie haben ja viele Farben hier. Was ist denn Ihre Lieblingsfarbe?"

„Halt den Mund!", motzt der Mann, ohne Sven anzuschauen.

Im Büro drückt Sonja ungeduldig auf die Return-Taste. Es tut sich nichts. Da fällt es ihr siedend heiß ein: Die Diskette ist schreibgeschützt! Sie muss sie wieder herausholen und die Blockierung zur Seite schieben. Wichtige Zeit ist verloren, bis die Diskette endlich wieder im Computer steckt.

Sven setzt inzwischen alles auf eine Karte. „Warum sind Sie denn so unfreundlich?", fragt er den Trenchcoat-Mann. „Sind Sie Sternzeichen Fisch? Dann stand bestimmt in Ihrem Horoskop etwas von einem schlechten Omen – Fische leben ja sehr gefährlich."

Der Mann starrt Sven an. Dann bleibt er abrupt stehen und packt Sven brutal an den Schultern. „Hör zu, du kleines Würstchen! Lass mich endlich in Frieden! Hier sind keine Fische in Gefahr. Aber du vielleicht, wenn du so weitermachst." Er guckt Sven bedrohlich in die Augen. Dann wendet er sich ruckartig um und stapft davon.

Sven schaut ihm hinterher. „Sie wollten mir doch den Weg zeigen!"

Der Mann antwortet nicht. Er geht einfach weiter und kratzt sich an der Nase, als ob er nichts gehört hätte.

Sonja hat es geschafft. Eine Kopie der Diskette ist sicher in ihrer Hosentasche verschwunden. Sie fährt den Computer wieder herunter und sieht zu, dass sie das Büro verlässt. Zum Glück hat sie niemand gesehen. Draußen wundert sie sich, dass Sven seinen Posten verlassen hat. Sie ahnt nichts Gutes und eilt zum Ausgang.

Dort steht ihre gesamte „Schulklasse". Der Rundgang scheint schon beendet zu sein. „Da bist du ja", empfängt Sven sie, als Sonja sich unauffällig unter die Menge mischt. „Ron S. Fox fällt langsam nichts mehr ein, was er die Frau noch fragen kann. Wir brauchten doch einen Vorwand, um auf dich zu warten."

Sonja zwinkert Ron S. Fox zu, der mit der Fabrik-Führerin redet.

„Also gut!“, sagt Ron jetzt etwas lauter. „Wir müssen dann auch mal gehen. Vielen Dank für diesen interessanten Ausflug. Meine Schüler haben heute viel gelernt.“

Auch die Kinder verabschieden sich von der Frau und machen sich auf den Rückweg. Kaum haben sie das Gelände verlassen, hält Sonja es nicht mehr aus vor Neugier. „Warum hast du deinen Posten verlassen?“

Sven erzählt ihr von dem Trenchcoat-Mann und der aufregenden Ablenkungsaktion. Wort für Wort gibt er das Gespräch wieder. „Also – du hast es sicher gemerkt ...“ Sven senkt seine Stimme, damit es spannender ist. „Er hat sich verraten!“

Wodurch hat sich der Mann verraten?

„Mister Tarantula!“, zischt Sonja durch die Zähne. Julia schaut sie irritiert an.

„Erinnerst du dich an die Drohmails?“ Sonja hilft ihr auf die Sprünge. „Der geheime Absender hat sich doch ‚das Omen‘ und ‚Tarantula‘ genannt. Dem Namen hat er heute alle Ehre gemacht.“

„Er passt ja auch gut“, erzählt Sven weiter. „Ich hatte mir schon gedacht, dass er es ist, weil er auf das Büro zusteuerte. Und dann habe ich ‚das Omen‘ einfach ausgesprochen. Ich wollte wissen, wie er reagiert.“

Julia grinst. „Und er ist voll in die Falle getappt.“

„Er hat plötzlich gesagt, dass keine Fische in Gefahr sind“, fährt Sven fort. „Das war einwandfrei eine Lüge. Ich wusste es ja. Und als er sich dann noch an der Nase gekratzt hat, war alles klar.“

„Das ist eine wichtige Detektiv-Regel“, erklärt Sonja, weil Julia schon wieder verständnislos dreinblickt. „Wir sind in der Fabrik also schon ein ganzes Stück weitergekommen. Aber was uns noch immer fehlt, ist ein handfester Beweis.“

Da schlägt Julia sich an die Stirn. „Wie konnte ich das vergessen! Wir müssen schnell zum Fluss!“

Wie von einer Hummel gestochen läuft sie los. Sonja und Sven bleibt nicht anderes übrig, als ihr zu folgen.

„He, was ist denn mit euch los!“, ruft Ron S. Fox, als sie an ihm vorbeirennen. Er war gerade dabei, sich bei seinen „Schülern“ für ihre tolle Mitarbeit zu bedanken. Jetzt starren alle erstaunt Julia nach, die schon hinter der nächsten Ecke verschwindet.

„Kommt einfach mit!“, ruft Sven und bemüht sich, Julia einzuholen. Sonja, Ron und die ganze Gruppe traben hinterher. Der Weg führt sie durch den Wald, durch den auch der Fluss fließt.

„Das ist ja prima“, keucht Ron S. Fox. „Wir gehen direkt zum Sportunterricht über.“

Erst am Flussufer bleibt Julia stehen. Der Rest der Gruppe schließt nach und nach auf. Sven ist total aus der Puste. „Mannomann! Schade, dass wir keine Stoppuhr hatten. So schnell war ich noch nie.“

Julia hat ihn nicht gehört. Konzentriert geht sie am Ufer auf und ab und starrt in das Flusswasser. „Hier muss es irgendwo sein. Hier muss es doch irgendwo sein ...“, murmelt sie immer wieder.

„Was denn?“, fragen die anderen ungeduldig.

„Meine Blumen-Haarspange. Los, helft mir mal, sie zu finden!“

Findest du Julias Blumen-Haarspange auf Seite 82/83?

„Da!“, schreit Sven plötzlich so laut, dass alle vor Schreck zusammenfahren. Er zeigt ins Flusswasser, wo die Haarspange an einer Pflanze hängt. Sven will sie herausfischen und beugt sich weit über das Wasser. Für einen Augenblick hätte er fast das Gleichgewicht verloren, doch Julia konnte ihn im letzten Moment noch festhalten.

„Ich glaube, die Spange kriegen wir nicht wieder. Aber das ist nicht so schlimm.“

Sven gibt seine Aktion auf. „Stimmt auch wieder. Deine Haare sehen so nämlich viel schöner aus.“

Julia verdreht verzweifelt die Augen. „Darum geht es doch gar nicht! Versteht ihr denn nicht? Ich habe die Spange in die Farbe geworfen, als wir in der Fabrik waren. Sie wurde bei der Filteranlage herausgefiltert, gelangte zu den Reststoffen ...“

„... und ist jetzt im Fluss“, beendet Sonja den Satz. „Von wegen Sondermüll!“

Ein Raunen geht durch die Gruppe. Allen ist klar geworden, dass sie jetzt endlich den Beweis haben.

„Eigentlich müsste nicht weit von hier ein Rohr sein, durch das die Spange – und die ganzen anderen giftigen Farbreste – in den Fluss geschwemmt wurden.“ Julia ist mit ihren Gedanken schon einen Schritt weiter.

Das leuchtet den anderen ein. Alle verteilen sich am Ufer und suchen fieberhaft nach dem Rohr. Doch weder die Detektive mit ihrem Detektiv-Blick noch die Ökofüchse mit ihrem Umwelt-Wissen haben Erfolg. Das Wasser ist einfach zu trübe, um etwas erkennen zu können. Enttäuscht geben sie auf.

„Macht nichts“, muntert Sonja die anderen auf. „Wir haben vielleicht noch eine Spur.“ Sie erzählt von der Diskette, die sie heimlich kopiert hat.

Schnell machen sich Sven, Sonja und Julia auf den Weg zum Detektivclub und stürzen sich gleich auf den Computer. Sonja legt die Diskette ins Laufwerk und öffnet sie. Auf dem Bildschirm erscheinen sechs verschiedene Dateien, die sich auf der Diskette befinden.

„Treffer!“, jubelt Sven. Eine der Dateien heißt ‚Abfluss-System‘. Sonja geht mit der Maus auf die Datei und klickt sie an. Da ertönt plötzlich ein Warnsignal, und auf dem Monitor blinkt eine Schrift: „Bitte Kennwort eingeben!“

„Das gibt’s doch nicht!“, seufzt Sonja entnervt. „Dabei waren wir so nahe dran.“

„Warte mal!“, meint Julia. „Klick doch mal auf die Datei KW! Vielleicht ist das die Abkürzung für Kennwort.“

„Hey! Du solltest Detektivin werden.“ Sven sieht sie erstaunt an.

Sonja probiert Julias Vorschlag aus. Und sie hat Glück. Die Datei öffnet sich, und oben auf dem Bildschirm steht: ‚Kennwort'. Darunter befindet sich ein Kreuzworträtsel.

„Unglaublich! Die haben auf der gleichen Diskette die Codierung des Kennworts gespeichert.“ Sven schüttelt den Kopf. „Wie blöd kann man eigentlich sein?“

„Mal sehen, wer es als Erster rauskriegt“, meint Sonja und druckt die Seite dreimal aus. Dann schnappt sich jeder einen Bleistift und macht sich ans Grübeln.

Wie lautet das Kennwort?

Fast gleichzeitig werfen alle drei ihren Bleistift weg und rufen schnell: „Renovieren!" Dann versammeln sie sich wieder vor dem Computer und schauen gebannt auf den Bildschirm. Langsam und sorgfältig tippt Sonja das Wort „renovieren" in den Computer. Als sie zum Schluss auf die Taste mit dem „n" drückt, passiert es: Die Bildschirmoberfläche verwandelt sich. Unter der Überschrift „Abfluss-System" erscheint ein Gebäudeplan.

„Wahnsinn!", murmelt Sven fasziniert.

Es dauert eine Weile, bis die drei sich in in dem Wirrwarr von Gängen, Räumen und statistischen Fachbegriffen zurechtfinden. Doch dann erkennen sie den Raum mit der Filteranlage wieder. Von dort geht eine Linie weg, die mit ganz kleinen Buchstaben beschriftet ist.

„Könnt ihr das lesen?", fragt Julia.

Sonja klickt auf „Seitenansicht" und dann mit der Lupe auf die entscheidende Stelle. Jetzt erscheint sie vergrößert auf dem Bildschirm: eine Linie mit einem Pfeil, daneben steht „Abwasserrohr Fluss".

Julia, Sven und Sonja schauen sich einen Moment lang schweigend an. Dann brechen sie in lautes Jubelgeschrei aus. Sven und Julia fallen sich vor Freude in die Arme. Sonja lässt die beiden lieber allein und eilt zum Telefon.

Zuerst ruft sie bei der Polizei an und dann bei der Zeitung. Julia nimmt auch den Telefonhörer und benachrichtigt die anderen Umweltfüchse. Sie sollen alle in den Detektivclub kommen.

Nach und nach füllt sich das Büro. Umweltfüchse und Detektive drängeln sich in den Raum. Und dann kommen endlich zwei Polizisten und ein Reporter von der Zeitung.

Sonja, Sven und Julia steigen auf einen Tisch, damit alle sie hören können. Sie erzählen ihre Geschichte von Anfang bis Ende. Zum Schluss weisen sie noch darauf hin, dass die Einzelheiten bald auf der Detektiv-Homepage nachzulesen sein werden.

Als sie fertig sind, packt der Reporter seine Kamera aus. Er macht ein Foto von den dreien, so wie sie da auf dem Tisch stehen. „Das gibt einen tollen Artikel. Überschrift: ‚Die Rache der toten Fische – drei Helden decken Umweltskandal auf'. Und mal sehen, ob dann noch irgendjemand eine Farbe von KRAUSE kaufen wird."

„Wenn es überhaupt noch welche gibt", schalten sich die Polizisten ein. „Vorläufig werden wir die Fabrik schließen." Sie packen ihre Notizblöcke ein und wenden sich zum Gehen.

„Warten Sie!", ruft der Reporter und eilt ihnen nach. „Das kann ich mir nicht entgehen lassen!"

Im Club ist es still geworden. Da räuspert sich Julia und erhebt ihre Stimme. „Ich möchte noch etwas sagen, im Namen aller Umweltfüchse. Ohne euch Detektive hätten wir das nie geschafft. Es würden noch viel mehr Fische sterben müssen. Und Mister Tarantula würde uns Drohmails schreiben – oder sogar noch Schlimmeres anrichten. Ich weiß nicht, wie wir euch danken sollen."

Spontan fangen die anderen Umweltfüchse an, laut zu klatschen. Sonja und Sven lächeln. Sie sind sehr gerührt von Julias Worten.

„Na ja", meint Sonja dann. „Das war doch Ehrensache. Und vielleicht könnt ihr uns ja auch mal helfen."

„Klar!", stimmt Sven ihr zu. „Ich lass mir auch die Haare wachsen, damit ich so tolle Blumen-Haarspangen-Aktionen machen kann."

Julia lacht. „So bist du eigentlich auch nicht schlecht.' Plötzlich wird sie rot. Sven wird noch röter. Da gibt Julia ihm einfach ganz schnell einen ganz kleinen Kuss.

Lösungen

Seite 8: Der Fingerabdruck links außen gehört dem Täter. An der Narbe ist er deutlich zu erkennen.

Seite 11: Keller: Sauna, Tresor, Hund. Erdgeschoss: Laden (zwei Räume), Küche, Bad. Erster Stock: Elternschlafzimmer, Wohnzimmer, Bibliothek, Bad. Zweiter Stock: Sabines Zimmer, Manuels Zimmer, Bügelzimmer, Bad.

Seite 14: Reihenfolge der Fotos: Der Mann öffnet das Auto. Dann begrüßt er Frau Haase vor dem offenen Auto. Er geht weg, sie bleibt stehen. Er kommt mit einem verhüllten Gegenstand wieder, es beginnt zu regnen. Frau Haase geht weg. Beide kommen zurück, tragen einen großen Gegenstand. Als Nächstes sieht man, wie der Mann einen Gegenstand einlädt. Er schließt die Wagentür. Auf dem letzten Bild ist die Tür wieder geschlossen, Frau Haase steht neben dem Auto.

Seite 17: Das T, das R und das H auf der Einkaufsliste und dem Drohbrief weisen sehr ähnliche Merkmale auf.

Seite 20: Die geheimnisvolle Nachricht lautet: Gefahr; Alte spioniert weiter; Ausschalten.

Seite 23: Brieftauben finden immer nur den Weg zurück nach Hause, sie können keine Post an einen anderen Ort liefern.

Seite 26: Jemand ist in Frau Laus Schuhen von der hinteren Pforte rückwärts zum Haus gelaufen. Man erkennt es daran, wie die Schritte gesetzt sind.

Seite 29: Autoreifen spritzen das Wasser beim Durchqueren von Pfützen immer nach vorne.
Seite 32: Die telefonische Geheimbotschaft lautet: Alte verpackt, Aktion startet zur vereinbarten Zeit.
Seite 35: Die Risse, die der kleine Stein in die Scheibe gemacht hat, wurden von denen des großen gestoppt. Außerdem hat Tim ja genau gehört, dass der erste Schlag leiser war als der zweite.
Seite 38: Das Auto ist in der Reparaturwerkstatt versteckt – ideal, denn unter den vielen Autos hier sucht es keiner.
Seite 41: Die Autos müssen alle über die Eisenbahnbrücke.
Seite 44: Der Schatten des Mannes mit dem Schlapphut hat sie so aufgeregt. Es ist der Schatten ihres Neffen Dieter!
Seite 51: Der anonyme Schreiber verrät sich durch seine schlechte Rechtschreibung. In jedem der drei E-Mails schreibt er „seit“ statt „seid“.
Seite 54: Die E-Mails wurden bei der Firma ‚Krause-Farben und Lacke‘ abgeschickt.
Nur das Modem dieser Firma ist mit dem Computer der Umweltfüchse verbunden.
Seite 57: Die sechste Abbildung ist ebenso rot wie die Probe der Umweltfüchse.
Seite 60: Der Mann im Trenchcoat verhält sich auffällig. Seine Kamera ist nur zur Hälfte unter dem Mantel verborgen, und das Objektiv der Kamera zeigt genau auf Julia.
Seite 63: Der zweite Lieferwagen von links war am Fluss-

ufer. Sein Reifenprofil und der Dreck am Reifen verraten ihn.

Seite 66: Der Virus hat eine Zahl oder einen Buchstaben zwischen die Buchstaben des ursprünglichen Textes geschmuggelt. Liest man nur jeden zweiten Buchstaben, ist der alte Text wiederhergestellt. So lautet er:
Spurensicherung:
Puder auf die Fingerabdrücke streuen und es dann mit einem Klebeband vorsichtig abnehmen.

Seite 69: Die Homepage wurde um folgenden Satz ergänzt: Unsere hochwertigen Produkte sind alle umweltverträglich.

Seite 72: Der Text der E-Mail lautet:
Lieber Sven! Dieser Brief ist verschlüsselt, weil ich nicht wollte, dass die anderen aus deinem Club ihn lesen können. Er ist nämlich nur für dich. Ich wollte dich fragen, ob wir uns mal treffen können? Deine Julia

Seite 75: In dem vorderen Papierkorb befindet sich der Brief, den Sven und Sonja an ‚Krause-Farben und Lacke geschickt haben. Der Fisch, den Sven gezeichnet hat, ist deutlich zu erkennen.

Seite 78: Die Diskette mit der Aufschrift „Entsorgung“ könnte am ehesten mit dem Fall zu tun haben. Schließlich haben die Detektive den Verdacht, dass die Firma ihren Sondermüll in den Fluss leitet.

Seite 81: Der Mann hat sich verraten, indem er auf das Stichwort „Omen“, das Sven wie beiläufig fallen lässt, sehr heftig und aggressiv reagiert.

Seite 84: Julias Haarspange hängt an einer Alge ungefähr in der Bildmitte auf Seite 83.
Seite 87: Das Kennwort lautet: RENOVIEREN.

Leseprofi RateKrimis

In dieser Reihe sind erschienen:

3-8112-2646-0

3-8112-2649-5

3-8112-2648-7

Je 96 Seiten, durchgehend farbig illustriert

gondolino